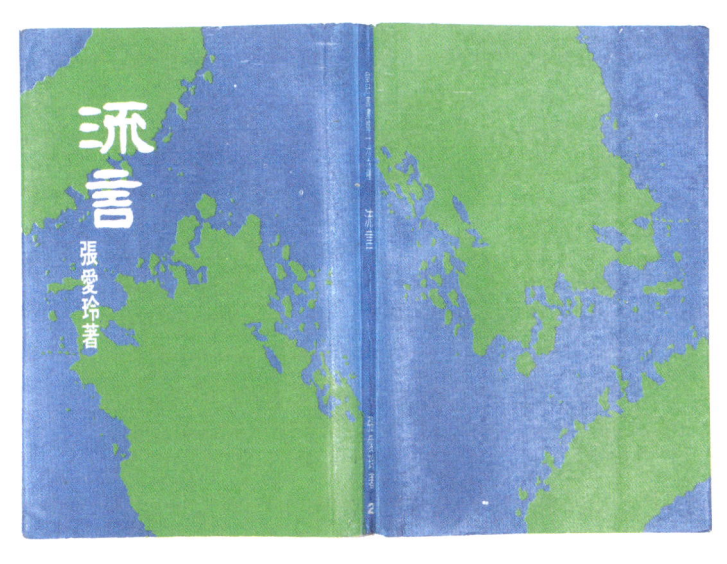

张爱玲设计装帧的皇冠版《流言》

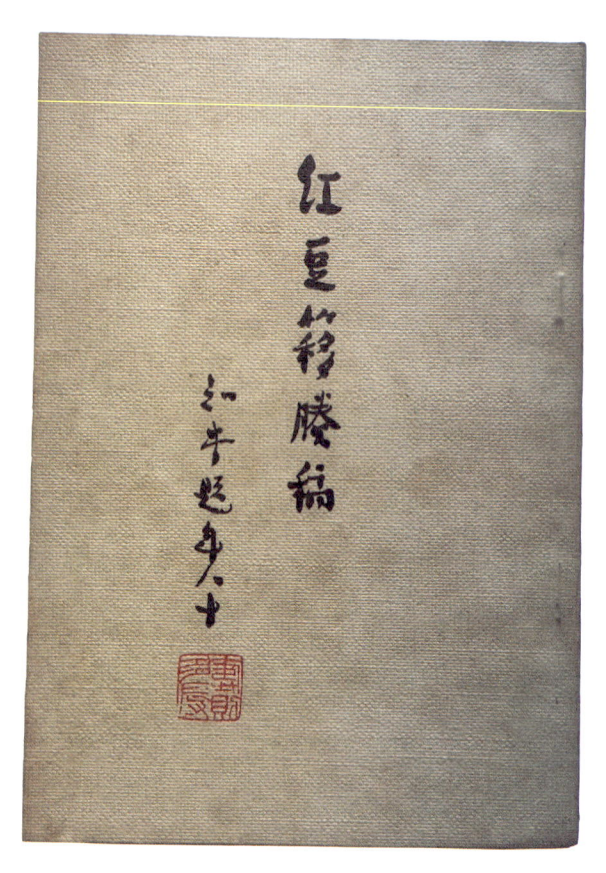

郑子瑜著、周作人题签的《红豆馆剩稿》

奥斯基著、张充和题签的《练习曲》

實秋自選集

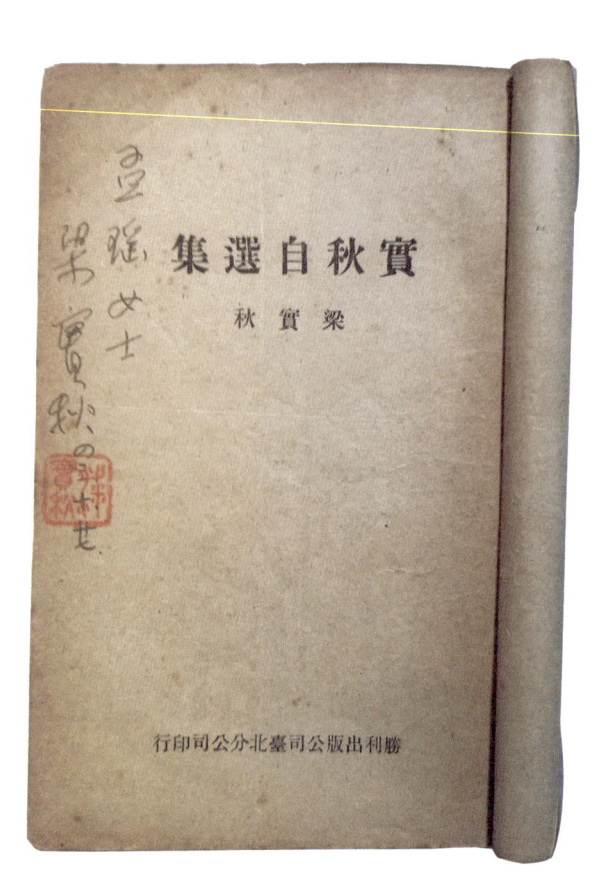

梁實秋

勝利出版公司臺北分公司印行

《实秋自选集》扉页,梁实秋题签

雪垠同志：

您好！前年通过一封信，托您代恰中间又一信，因为大作《李自成》的三卷以后一直未见出版，我很又把手里底里一抛煎的工作，又知您近百亩，所以就也不如就此搁议不再行信打扰。去年文代会后，谢冕明同志来京也谈我那时刚从兰州讲学回来，每上问他谈了一上午，方才探访您，深以未能与谈面访为憾。最近读到《社会科学战线》上发表的您的信札，末一段是与茅盾同志论及现代文学史问题，这使我明感到言之是言，情不自禁钓使写这封信，与您多么说儿句话，去您心它是时间了。

我多年来一直在想这个问题，即现代文学史是否仅仅包括五四以来的新文艺运动，抑此等面一笔带水，把后来文学的宽大创造说。三十年代文艺，无论两个口号之争等，您是经历过那些作家作品，我们都熟习过，好色冷眼（无望）、叶圣水、徐志摩、张资平等，昔子我当时都主观，光只算到目前，萧军、老舍的东坡落于新月孙人的写家宽这是言样的，除西滤心如闲话心到台湾的什么，讲现代文学史以人似乎都未必见过。这样搞法便把那些搞的西愈少，搞来搞去把从人都搞成"亡旨"了。与其先把这些旧文学的书上放来，又有盖搞否以旅文学史么？现代读文学史一讲宋代，总是把古思写5家画别成两大党派，中间画上一条虚

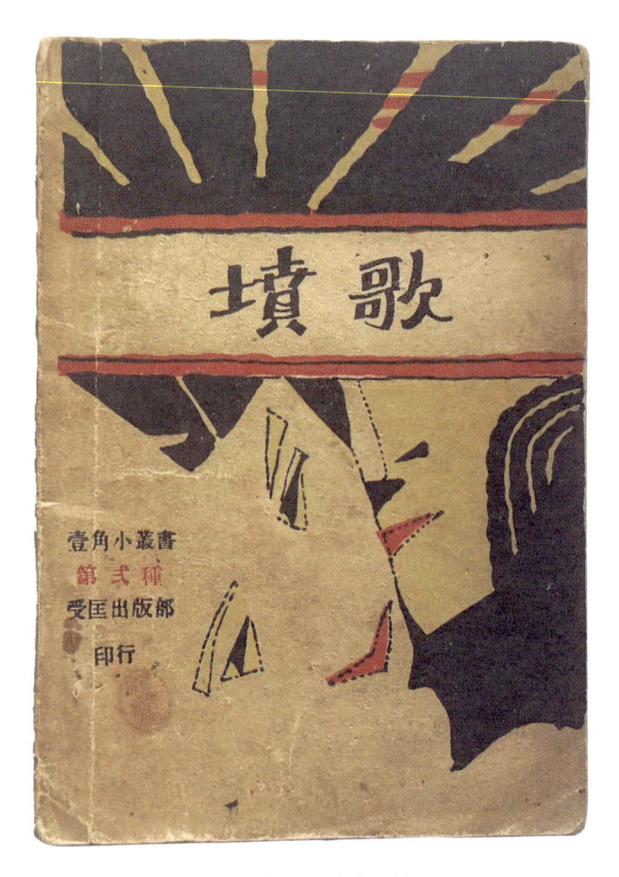

罗西（欧阳山）著《坟歌》

一 书赠三杰的《小鬼凤儿》

陈世五为曹辛之设计的藏书票

青青子衿系列·郑培凯 主编

陈子善 著

識小錄

广西师范大学出版社
·桂林·

识小录
SHI XIAO LU

© 2019 香港城市大学
本书原由香港城市大学出版社出版,发行全世界。
本书中文简体字版由香港城市大学授权出版,在中国大陆(台湾、香港及澳门除外)出版发行。
著作权合同登记号桂图登字:20-2022-091 号

图书在版编目(CIP)数据

识小录 / 陈子善著. --桂林:广西师范大学出版社,2023.1
(青青子衿系列 / 郑培凯主编)
ISBN 978-7-5598-5439-1

Ⅰ. ①识… Ⅱ. ①陈… Ⅲ. ①中国文学－当代文学－文学研究－文集 Ⅳ. ①I206.7-53

中国版本图书馆 CIP 数据核字(2022)第 179684 号

广西师范大学出版社出版发行

(广西桂林市五里店路 9 号 邮政编码:541004)
 网址:http://www.bbtpress.com
出版人:黄轩庄
全国新华书店经销
广西广大印务有限责任公司印刷
(桂林市临桂区秧塘工业园西城大道北侧广西师范大学出版社集团有限公司创意产业园内 邮政编码:541199)
开本:787 mm × 1 092 mm 1/32
印张:8.5 插页:4 字数:180 千字
2023 年 1 月第 1 版   2023 年 1 月第 1 次印刷
定价:58.00 元

如发现印装质量问题,影响阅读,请与出版社发行部门联系调换。

总　序

　　香港城市大学出版社邀约我编一套丛书，希望由著名的人文学者来执笔，反映文、史、哲、艺各个领域的学术研究，最好是呈现长期累积的研究心得与新知，厚积薄发，深入浅出，让一般读者读得兴味盎然。这一套书要有学术内容，但不是那种教科书式的枯燥罗列，或是充满了学术术语与规范的高头讲章。社长与副社长跟我讨论了一番，劝我出面联系学界名流，请他们就自己著作中，挑选一些比较通俗而有启发性的文章，或说说自己在学术研究上最有开创性的心得，编辑成书，出版一个系列，以吸引关心人文知识的读者，并能刺激青年学者，启导他们在学术研究的道路上，得到前辈的启发，追寻有意义的学术方向。

　　大学出版社出版学术书籍，一般有两种类别与方向：一是毫无趣味的入门性教科书，虽然言之有物，却干巴巴的，呈现某一学术范畴的全面知识，主要提供基础学问给学生，可以作为回答考试的标准答案；另一类则是学术专题的深入研究，将学者钻研多年所累积的学术成果撰写成专著，解决特定的学术问题，为学术的提升贡献新知，是专家写给专家看的书籍。

　　出版社想出的这一套丛书系列，是希望我联络学界耆宿，说服他们写随笔文章,揭示自己潜泳在学海中的经验与心得,既要有知识性,有学术的充实内涵,又要有趣味性,点出探求学术前沿与新知的体会。其实,这类文章最难写,先得吃透了整个学术领域的知识范畴,潜泳其间,体会出知识体系的脉络,然后像叶天士那样的名医把脉一样,知道学术研究的病灶难点,指出突破的方向与探索的前景。出版社希望的目标,听起来很有道理,说起来很轻巧,却是最难以做到的。

现在有许多学术著作,展示了刻苦钻研的成果,像清朝的考证学一样,旁征博引,把古往今来的相关知识全都引述了一通,类似编了本某一专题的批注大全,最后才说出几页自己的研究心得。有些论述长篇累牍,往往没有什么新意,只让我们看到作者皓首穷经的辛苦耕耘,却不一定有什么收获。这样的研究专著,看来是为了学术职场的升等,写给学术考核的专家们看的。精深难懂的研究专著,有其出版的必要,因为它总是长期学术耕耘的成果,功不唐捐,甚至有可能是可以传世的巨作,要经过好几代学者的分析才能体会其中的奥义。但是,一般而言,大量的学术专著也只是显示了作者的努力,让学术同行认可其专家的地位,是给少数研究者看的。有他不多,没他不少,对学术的发展与知识的传播,似乎无关紧要。一般的知识精英,对学术有兴趣,是想知道研究领域出现了真知灼见,能够启动深刻的人文思考,并不想知道某一专题研究的过程与细节,就好像人们都对科学研究的成果感兴趣,却不肯待在实验室里,跟着科学家长年累月观察实验的过程。所以,出一套丛书，请学术名家就他们毕生研究的经验，以随笔的形式，总结一下心得，则是大家都喜闻乐见的。

接受了出版社的委托，联络了一些朋友，大家都很给面子，说"应该的，应该的"，做了一辈子学问，也该总结一下，让一般读者知道探求学问的门径，理解人文学术研究的心路历程。反正都到了退休的年龄，完全不必理会学术职场的名利，可以静下心来反思自己的学术道路，如何可以金针度人。大家有了撰著的兴趣，都问我，这套学者随笔丛书的名称是什么。我突然福至心灵，好像是天上文曲星派了个小精灵来点醒，脱口就说，"青青子衿，悠悠我心"，有了，就是"青青子衿"系列。

"青青子衿"一词，来自《诗经·郑风·子衿》，诗不长，只有三段：

青青子衿，悠悠我心。纵我不往，子宁不嗣音？
青青子佩，悠悠我思。纵我不往，子宁不来？
挑兮达兮，在城阙兮。一日不见，如三月兮。

按照汉代学者的解释，是讲年轻人轻忽了学习，让老师们有点担心，希望他们回到学校，认真读书。陈子展先生是这样译成白话的：

青青的是你的衣领，悠悠不断的是我的忧心。纵使我不往你那里去，你难道就不寄给我音讯？青青的是你的佩玉绶带，悠悠不断的是我的心怀。纵使我不到你那里去，你难道就不到我这里来？溜啊踏啊，在城阙啊。一日不见，如三月啊！

这首诗的解释，过去是有歧义的，主要是朱熹推翻汉代以来的诠释，认定了"郑风淫"，所以，这也是一首男女淫奔之诗。结果朱熹的说法成了明清以来的正统解释，连现代人谈情说爱，也都喜欢引述这首诗，特别是"一日不见，如三月兮"这两句，很容易就联想到《王风·采葛》同样的诗句，让人日思月想，情思绵绵。其实，认真说起来，朱熹的说法并不恰当，这首诗也不是一首"淫诗"。汉代的《毛传》明确指出："《子衿》，刺学校废也，乱世则学校不修焉。"对"嗣音"的"嗣"字，解释得很清楚："嗣，习也。古者教以诗乐，诵之歌之，弦之舞之。"至于"一日不见，如三月兮"，《毛传》说："言礼乐不可一日而废。"郑玄则笺解说："君子之学，以文会友，以友辅仁。独学而无友，则孤陋而寡闻。"唐代孔颖达《毛诗正义》更延伸解释："礼乐之道，不学则废，一日不见此礼乐，则如三月不见兮，何为废学而游观？"大体说来，从汉到唐的经解诠释，说的是严师益友，互勉向学的意思，比起朱熹突然指为"淫奔之诗"，要恰当得多。

清末的王先谦在《诗三家义集疏》中，引述古人对《子衿》一诗的理解与传述，是这么说的：

> 魏武《短歌行》："青青子衿，悠悠我心。但为君故，沉吟至今。"虽未明指学校，并无别解。北魏献文诏高允曰："道肆陵迟，学业遂废。《子衿》之叹，复见于今。"《北史》："大宁中，征虞喜为博士，诏曰：'丧乱以来，儒轨陵夷，每揽《子衿》之诗，未尝不慨然。'"宋朱子《白鹿洞赋》："广《青衿》之疑问，宏《菁莪》之乐育。"皆用《序》说。

列举了曹操以来，历代对《子衿》的理解与认识，包括朱熹的《白鹿洞赋》在内，都同意《毛序》的诠释，是关心学业，没有人提起"淫奔"的想法。也不知道朱熹撰写《诗经集传》的时候，是否突然吃错药了，满心只想男女之事，让后人想入非非。

当然，诗无达诂，可以随你解释，只要解释得通就好。我们采用汉代去古未远的解释，希望青年读者读了这套书，可以对学术发生兴趣，在人文思维方面得到启发。假如你坚持"青青子衿"是首情诗，那更好，希望你能爱上这套书。

郑培凯

目 录

001　《幻想的地土》
004　陈楚淮其人其文
007　其佩忆张爱玲
010　徐悲鸿说徐志摩
013　《银灰色的死》的发表经过
016　赛珍珠的《爱国者》
019　柯灵故居
022　《音乐的解放者悲多汶》
025　"周班侯时代"
028　关于《遥寄张爱玲》的一封信
031　《京报副刊》与"四大副刊"
034　《一只马蜂及其他独幕剧》
037　陈梦家的投壶题跋
040　《德国诗选》
045　作家的自传
048　陈雨门的诗
052　译莎士比亚

055　"书生本色"
058　《怨女》初版本
061　宋淇评《怨女》
064　邂逅毕奂午
067　《新俄学生日记》
070　《练习曲》及其"陈序"
073　《黄包车夫歌》
076　《风絮》
079　《达夫全集》
082　俞平伯评《隔膜》
086　作家的篆刻
090　谒曾园
093　戴望舒的小说
096　现代作家与青岛
099　李健吾签名本
102　徐志摩纪念馆
105　徐志摩的全集
108　现代作家与藏书票
111　《现代中国文学研究书目》
114　皇冠版《流言》的装帧
117　卢冀野遗著《灯尾草》
121　傅雷致刘太格函

124	《红豆桫剩稿》
128	《梦家诗集》初版本
132	《实秋自选集》
135	《故乡》
139	一书赠三杰
142	《郁达夫全集》种种
146	王佐良的新文学观
149	陶亢德与我及其他（上）
152	陶亢德与我及其他（下）
155	一字万金
158	《苏青与张爱玲》
161	周越然的书
164	抒情长诗《坟歌》
168	《她是一个弱女子》手稿本
172	徐訏与叶灵凤合作《天天日记》
175	从《呐喊》再版本说起
179	马博良与《文潮》
182	大年初一
185	签名本之缘（上）
188	签名本之缘（下）
191	巴金著作盗版本
194	梁遇春译《情歌》

197　刘半农的《国外民歌译》
201　荆有麟笔下的鲁迅与毛边本
204　"芳邻"
207　倪贻德序《茂斋之画》
210　鲁迅与巴金见过几次面？（上）
214　鲁迅与巴金见过几次面？（下）
217　敬隐渔和鲁迅的"不见"
220　新发现徐志摩影像所想起的
223　"把我包括在外"
226　早期姚克二三事
230　《人日》
234　鲁迅的文学广告
238　《爱西亚》与蒯斯曛
241　《小雅》和"小雅诗人"（上）
244　《小雅》和"小雅诗人"（下）
247　《藤森成吉集》与黄裳
251　评《小城之春》
255　谁最早讨论张爱玲？

258　**后记**
260　**补记**

《幻想的地土》

1947年6月，上海正风文化出版社推出青年作家令狐彗也即董鼎山的短篇小说集《幻想的地土》。这本集子由沦陷时期已在上海文坛崭露头角、现还健在的沈寂编选，赶在董鼎山同年秋赴美留学前出版，可以视为对董鼎山早期文学创作的一个小结，一种纪念。

《幻想的地土》共收入《白色的矜持》、《蓝》、《故事的结束》、《白猫小姐》、《莿罗拉》和《幻想的地土》六篇小说，清一色写年轻人的爱情故事，尤其是大学生的爱情故事。其时董鼎山才廿四五岁，刚从圣约翰毕业，大学生的情感经历正是他所最熟悉最了解的。《白色的矜持》写大学生林起春对"白色的、矜持而高贵的"同学"她"神魂颠倒的"单恋"；《蓝》写调往总公司工作的大学毕业生"我"到沪第一夜，意外遇到一位浑身蓝色衣装的美貌女郎求助而产生的"顷刻间的爱情"；《白猫小姐》写"我"在游泳池、舞会、电影院和逛马路时四次邂逅一位身材特别曼妙的女郎引起的种种遐思；《莿罗拉》写"我"周旋在斐依和混血儿莿罗拉之间，而莿罗拉身上其实"流动"着"西洋血液"，"我"完全会错了意；《幻想的地土》写大学生丁宁茹对同学姚璇雯的爱情表白，作者把他求学的圣约翰比作幻想的世界，寄托他现实生活里的梦和梦中的未来。更值得一提的是《故事的结束》,写一群天真无邪的青年学子圣诞夜举行舞会,不料女主角白蓓拉的情人飞机失事,小说以悲剧结尾。全篇结构新奇,故事动人,是董鼎山爱情小说中的佳作。

董鼎山在《幻想的地土》后记中表示:"我把写故事看作一种消遣,一种娱乐,一种蕴藏在自己心中的某种感情的发泄。"这部小说集写1940年代后期海上一部分年轻人对爱情的憧憬、体验与感悟,细致生动,轻灵绮丽,堪称当时上海都市文学的可喜成果,正如半个多世纪后沈寂所归纳的:

> 董鼎山的小说自成一种风格,他写的故事是读者们常常遇到或希望遇到的,既真实又自然,还很浪漫,带给人一种幻想。虽然是幻想,读者竟也迷惑地被他引到一个令人憧憬和向往的世界。……他传神地写出了情侣在热恋时的缠绵和迷惘,在失恋时的悱恻和惆怅。在刻画人物细腻的感情、喜哀的内心的同时,描绘出了十里洋场的儿女风情和教会大学学生的风度,以及上海滩这个国际大都市的风光。(《说不完的爱情故事:谈董鼎山的小说》)

董鼎山负笈美国后,仍不忘笔耕。现在所能见到的他以令狐彗笔名发表的最后一篇小说是《最快乐而最寂寞的》,刊于1948年3月上海《生活》第6期。小说的场景移到了美国,写留学生的"我"的寂寞和对美国姑娘克劳地亚的罗曼蒂克的幻想，真切感人，折射出不同文化背景的年轻人应该如何相互理解和交往，自可归入1940年代别具一格的"留学生文学"之列。

此后，令狐彗的名字和他的作品就在上海文坛消失了。再次出现，则要等到1980年代改革开放之后，而且换成了本名董鼎山，那是另外一段文坛佳话了。

2016年1月3日

陈楚淮其人其文

读《瓯歌二集——〈温州读书报〉文选》(2014年12月上海远东出版社版),有篇游修龄先生的《陈楚淮老师》,颇有意思。游先生这样写他1935年间在温州中学念高中时的英语老师:

> 楚淮老师是中国式的才子,能诗,能导演话剧,又懂中医,本行英语的精通更是有口皆碑。解放后调往浙江大学外语教研组,同事们都称他为活字典,凡是字典上查不到的字问他,他都能给你一个满意的答复。

陈楚淮(1908—1997),笔名蘅子、秋蘅等,新月派后起之秀,也是长期被人遗忘的现代剧作家、诗人。他是浙江瑞安人,1927年在南京中央大学外文系求学时,得时任外文系主任的闻一多赏识,开始新文学创作,尤对话剧创作情有独钟。1928年3月,徐志摩、闻一多、饶孟侃编辑的《新月》月刊在上海创刊,陈楚淮的话剧处女作三幕剧《金丝笼》就由闻一多推荐,在同年7月《新月》第1卷第5号以显著篇幅发表。从此陈楚淮一发而不可收,先后在《新月》上发表了独幕剧《药》《桐子落》《浦口之悲剧》《骷髅的迷恋者》，四幕剧《韦菲君》等，正如梁实秋后来所回忆的："一多负着编辑人之一的名义，给《新月》写了一些稿，也为《新月》拉了一些稿，例如费鉴照、陈楚淮几个年轻人的稿子都是他介绍来的……"（《谈闻一多》）

　　《新月》上发表的话剧，除了欧阳予倩的《潘金莲》、丁西林的《北京的空气》、余上沅的《塑像》等名家新作，除了徐志摩、陆小曼夫妇合作的《卞昆冈》，就数陈楚淮创作的最多，可见《新月》编者对陈楚淮的倚重，也可说陈楚淮是《新月》培养出来的。《金丝笼》写在国民党"清共"的大背景下，C省省政府委员杨荣藻一家两代人的矛盾，保守的父亲与激进的长子茹心冲突，茹心又追求婢女小蘋，两条主线交织纠缠，推动剧情的发展。如此贴近现实的话剧作品当时并不多见，《新月》能够发表也是一个异数。《韦菲君》写小学青年女教师到大上海拟圆电影明星梦，结果酿成悲剧，《浦口之悲剧》则写军阀争战导致兄弟残杀，均情节曲折，各具特色。而《骷髅的迷恋者》仅有诗人、仆人、歌女和死神四个人物，全剧铺陈四者之间的对话，不断叩问生命、死亡、情感和艺术的意义，颇有现代派戏剧的况味。

　　除了话剧，陈楚淮也写新诗，尽管数量实在不多。从已知的陈楚淮寥寥数首新诗中，可以看出他颇得闻一多倡导的新格律诗的神韵，不妨照录他1941年1月在《温中校刊》第9期发表的《那也是天》以见一斑：

> 望着树，望着树外的天，
> 是痴子，独自站在桥边。
> 像石柱，耸立在暮霭里，
> 怪有趣，那屋上的炊烟。
>
> 那太阳，脸上红得像火，
> 喝醉了，低头靠在山尖。
> 望水底，叫，那红的是酒，
> 不是的，一笑，那也是天。

八十多年过去，虽然《陈楚淮文集》已于2008年6月由浙江大学出版社推出，但陈楚淮研究至今乏善足陈，应该有人认真研究陈楚淮的文学成就了。

2016年1月10日

其佩忆张爱玲

1988年6月4日上海《新民晚报·夜光杯》发表了署名其佩的《也说张爱玲》，文中有如下一段话：

> 我与张爱玲也有一次奇特的会面，是在你（笔者注：指翻译家董乐山）拜望她十年以后了，五十年代初期。前辈友人龚之方和已故才子唐大郎说是晚上请客，约我作陪。那时他们正在办一份报纸，常常请客。我到得较早，接连而来的客人都使我吃惊。第一批来了三位：夏衍、姚溱、陈虞孙，他们当时是上海宣传文化系统的主要领导人。随后而来的——则是张爱玲。
>
> 吃饭的地点是一位富有者的私人厨房，菜很精致。那次饭也吃得有点尴尬，谁也没有说多少话。之方兄擅长交际，大郎兄妙语如珠，那晚都没施展出来。大家斯斯文文地吃饭，我也不记得张爱玲说过什么话。那时是解放初期，干部似不宜在酒家露面，就选了那样一个冷僻的地方。
>
> 事后我问龚唐两位玩的什么花招，他们回说有点事请示领导，同时夏衍同志想见见张爱玲，并托他们两人劝劝

张爱玲不要去香港。

这段回忆显然十分重要，但一直未引起关注。直至最近，才有有心人旧事重提。（祝淳翔：《张爱玲参加的一次聚会》，《档案春秋》2015年12月号）

其佩是老报人沈毓刚的笔名。这次宴聚的主人是龚之方、唐大郎，沈毓刚当时担任龚、唐两位主办的上海小报《亦报》编辑主任，所以有资格出席作陪。还有当时上海新政府管理文艺工作的夏衍、姚溱和陈虞孙。从这段回忆可知，这次宴聚有位主要客人，那就是张爱玲。或者可以说，此宴实际上是专为张爱玲而设的，因为"夏衍同志想见见张爱玲"。张爱玲当时是《亦报》重要作者，她的《十八春》《小艾》等小说都连载于《亦报》。

然而，夏衍留下的回忆文字中并未提及这次宴聚。夏衍晚年多次在文字中、在与人交谈时提到张爱玲，认为张爱玲"才华横溢，二十多岁就在文坛上闪光"，还披露周恩来当时也注意张爱玲，读过张爱玲的书，却从未提及此事，也许他真的忘记了？不过，他有一句话倒值得注意："我认识张爱玲和读她的作品，是唐大郎给我介绍的。"（《文艺漫谈》）笔者说过，"认识张爱玲"可以有两种理解，一是通过张爱玲的作品而"认识"她，另一是真的与张爱玲见过面而"认识"她。那么，夏衍的"认识张爱玲"是否真的就是指这次宴聚见面呢？

唐大郎1980年就去世了，他看不到沈毓刚这段文字，晚年也未留下关于张爱玲的片言只语。但这次宴聚的另一位主人龚之方留下了一篇颇长的《离沪之前》（收入季季、关鸿编《永远的张爱玲》，1996年1月上海学林出版社版），对他与张爱玲交往始末回忆甚详，却也未提到这次宴聚。龚此文专设"张爱玲得到夏衍的赏识"一节，写到曾"受夏衍的委托，在和张爱玲有事接触之时，顺便问她今后的打算和她是否留在上海"，但对这次宴聚却只字未提。他在另一节里还详细回忆了1947年电影《太太万岁》上映后，张爱玲曾接受文华电影公司老板吴性栽之邀，与导演桑弧、唐大郎等去无锡太湖吃"船菜"的情景。按理，与夏衍等这次更非同一般的宴聚，而且还是他自己出面做东，龚之方不该忘得一干二净。

因此，其佩也即沈毓刚的这段回忆还只是"孤证"，有待进一步证实，但宴聚当事人而今都已归道山，难以查考矣。笔者倒是宁可信其有的。毕竟，这又一次证明当时中共党内一些开明的文艺工作领导人对张爱玲的器重。

2016年1月17日

徐悲鸿说徐志摩

昔日读陈从周《〈徐志摩年谱〉谈往》，注意到其中一段话：

> （《年谱》）结集时已快面临解放了，朋友劝我不要干这蠢事，请赵景深先生作序，他不肯写，徐悲鸿先生要我搞鲁迅，但都扭转不了我这颗"无缘无故的爱"的心，硬着头皮干下去了。

陈从周"硬着头皮"，于1949年秋自费印行《徐志摩年谱》，为徐志摩研究提供了珍贵史料。赵景深未写序，只能以他的旧文《志摩师哀辞》"代序"。但徐悲鸿具体如何要求陈从周不搞徐志摩而"搞鲁迅"？一直不知其详。直到读了上海图书馆编《中国尺牍文献》（2013年11月上海古籍出版社版）所收徐悲鸿致陈从周的一通信札，才找到了部分答案：

从周同志：

得书，藉悉一切。敝院中国美术史，现聘清华大学王逊先生讲授，大约是用讲义，俟一查。胡蛮著《中国美术史》有数处须改正（如说王维一段，友人启功便作文与之商讨）。总之，立在历史唯物观点参考可搜材料，便不难讲。来纸折断，俟便中挥成再寄。志摩年谱鄙意出版后欢迎者恐不甚多，盍用精力从事其他工作乎？我在1939至1940被太戈尔翁聘至圣地尼克坦，知翁对于志摩印象甚好，但他到中国讲学，我尚在欧洲，完全不明白。我与志摩相识在1922德国柏林，过从并不密，我们对于美术看法亦不一致（他主张时髦的形式主义），其人确甚可亲。大千先生至印度，恐系无可如何。我们希望他来北京，与我们同样生活，若照他已往之豪华情况，则不可能矣。如通函，希为致意。此祝

百益

悲鸿顿首

十月廿一日

此函内容丰富，最重要的还是对徐志摩的回忆。信中透露两人1922年在柏林结识，"过从并不密"。其实何止"并不密"，两人1929年还有过一场激烈争论。是年4月，国民政府教育部在沪举办第一届全国美展，徐志摩担任《美展》三日刊编辑。徐悲鸿致函徐志摩，不但拒绝参展，还对"现代派"绘画大加挞伐，指责马奈"庸"，雷诺阿"俗"，塞尚"浮"，马蒂斯"劣"，而"彼等之画一小时可作两幅"，他们的画犹如"吗啡海绿茵"。徐志摩将此

信以《惑》为题刊于《美展》第5期，同时在第5、6期连载他的响应之文《我也"惑"》，态度鲜明地批评徐悲鸿的主张，赞扬塞尚等均是西方艺术界"殉道的志士"。这就是徐悲鸿信中"我们对于美术看法亦不一致"之由来。"二徐之争"影响深远，时至今日，徐悲鸿的偏执和徐志摩的开放都已尘埃落定。

但是，徐悲鸿不能不承认徐志摩"确甚可亲"。争论之后，二徐仍有所交往。1930年徐悲鸿还画了一幅猫送给徐志摩重修旧好。这是现存徐悲鸿猫画中最好的一幅，他在画上的题词耐人寻味：

> 志摩多所恋爱，今乃及猫。鄙人写邻家黑白猫与之，而去其爪，自夸其于友道忠也。
>
> 庚午初冬 悲鸿

尽管如此，时过境迁，当陈从周1949年10月致函徐悲鸿请教关于《徐志摩年谱》诸事时，徐悲鸿对其工作表示怀疑和反对，"盍用精力从事其他工作乎？"虽然并未明说，陈从周将之理解成转"搞鲁迅"，也就并不奇怪了。幸好陈从周没有听从徐悲鸿，而是固执己见，坚持印出了《徐志摩年谱》。

2016年1月24日

《银灰色的死》的发表经过

　　《银灰色的死》是郁达夫的小说处女作，连载于1921年7月7日至9日、11日至13日上海《时事新报·学灯》，署名T. D. Y.。它虽然没有《沉沦》那么有名，也为郁达夫所看重。他在1921年7月30日写的小说集《沉沦》自序中特别说明："《银灰色的死》是我的试作，便是我的第一篇创作，是今年正月初二脱稿的。"然而对这篇小说的发表经过，却长期说法不一。

　　北京海豚出版社2016年元月出版的王平陵的《三十年文坛沧桑录》内地版就提供了一个说法。此书原为作者1952年在台北《中国文艺》上的专栏，1956年结集，迟至1965年1月始由中国文艺社出版。作者一年前已经去世，不及亲见。

　　王平陵是李叔同学生，早年即热爱新文学。此书是他晚年以新文学运动参与者身份撰写的回忆录，尽管只有短短六万多字，却有不少见解值得注意。书中对"礼拜六派"文学的"再估价"，对陈衡哲、夏丏尊等散文的推崇，对刘大白、白采等新诗的评析，对侯曜、顾仲彝等话剧的肯定，都是文学史家很少提及的。此书虽远不及曹聚仁《文坛五十年》丰富多彩，但也收到了平实简洁之效。尤其书中对现代文坛故实娓娓道来，可补后来各种文学史著述之不

足,追述《银灰色的死》的发表经过即为显著的一例:

> 郁达夫从日本寄给他(笔者注:指《学灯》编者宗白华)一个长篇,就是轰动一时的《银灰色的死》,但宗白华先生以为他是个初次投稿的无名小子,抄写的字体又那么潦草,看起来很吃力,略略过一过目,便随着那些决定不用的稿件,一并归档在古纸堆中了。到了一年多以后,他发奋清理旧稿,又发现这篇《银灰色的死》,觉得不坏,越看越有趣味,就在《学灯》连载了半年,吸住了广大的读者。我在抗战第二年(一九三八年)的春天,遇见达夫于汉口,无意中提起这件事,似犹不能放宽宗白华的疏懒,他笑着说:"《银灰色的死》,耗费一年多的时间才写成,竟毫无消息,几乎失却写作的自信心,真想洗手不干,从此改行了。可是在一年多以后,忽然露面了。又鼓励我抛了在帝大学习的经济学程,钻向文艺的牛角尖。"

对《银灰色的死》的发表经过,其实郁达夫早在《沉沦》自序中已有回忆:

> 第三篇附录的《银灰色的死》,是在《时事新报》上发表过的,寄稿的时候我是不写名字寄去的,《学灯》栏的主持者,好像把它当作了小孩儿的痴话看,竟把它丢

弃了；后来不知什么缘故，过了半年，突然把它揭载了出来。我也很觉得奇怪，但是半年的中间，还不曾把那原稿销毁，却是他的盛意，我不得不感谢他的。

两相对照，既一致又不一致。一致在郁、王两人都写到《银灰色的死》的发表有过曲折，不一致在《学灯》编者收到这篇小说搁置"半年"而不是"一年多"才发表，以及这篇小说只是中篇而非"长篇"，不可能在《学灯》"连载了半年"。但王平陵单独披露了关键的一点，即经手这篇小说的《学灯》主编是宗白华。

此事本已一清二楚，不料在王平陵逝世十一年，《沧桑录》出版十年之后，有个刘方矩在1975年3月台北《中外杂志》第17卷第3号发表《浪漫大师郁达夫》一文，竟认为《银灰色的死》发表时的《学灯》主编是王平陵本人，绘声绘色地加以渲染，还说这是"王平老病逝前向笔者透露"的。王平陵确实是《学灯》作者，《银灰色的死》发表三个月后，他就在同年10月9日、12日《学灯》发表他的小说处女作《雷峰塔下》；王平陵也确实当过《学灯》主编，但那是1924年以后的事了，与《银灰色的死》发表与否毫不相干。因此，发表《银灰色的死》的《学灯》主编是王平陵这种说法，与王平陵生前写下的文字对立，不是刘方矩误记，就是王平陵临终前误忆。幸好《三十年文坛沧桑录》重印，白纸黑字俱在，不能再以讹传讹了。

2016年1月31日

赛珍珠的《爱国者》

2015年纪念抗战胜利七十周年，许多反映抗战的文学作品被重新提及，但有一部外国作家当时写的长篇小说却被忽视了，那就是美国女作家、1938年诺贝尔文学奖得主赛珍珠在1939年出版的《爱国者》。

《爱国者》以海上巨富之子吴以璜的个人经历为主线，从北伐写到抗战爆发，从国共分裂写到再度合作，还从上海写到日本，努力展示中国的风云变幻和同仇敌忾，正因如此，《爱国者》英文本甫一出版，就受到正在大力宣传抗战的中国文学界关注。1939年6月短短一个月内，竟出现了三种《爱国者》中译本：戴平万、黄峰（邱韵铎）、舒湮等五人合译本，香港光社出版；哲非（吴诚之）、何之、蔚廷等八人合译本，上海群社出版；朱雯、唐齐、冯煌三人合译本，上海美商华盛顿印刷出版公司出版。三种译本都是多人合译，显然是为了尽快让国人读到《爱国者》，更好激发国人的抗日斗志。这样快速地译出《爱国者》在现代文学翻译史上也是少见的。

赛珍珠译成中文的小说，代表作《大地》（又译作《福地》）译本最多，其次就是《爱国者》了。《爱国者》在赛珍珠创作史上应占什么位置，研究赛珍珠的专家自有说法，但对中国读者而言，此书有其特殊的意义。朱雯等译《爱国者》出版时，经售的万叶书店刊出了如下广告，就是一个证明：

> 本书为美国赛珍珠女士获得诺贝尔文学奖金后的第一部巨著，以我国的抗战为题材而写成的二十余万字的长篇，内容伟大动人，译笔细致，不啻创作小说，使读者爱不释手。诚一九三九年之最大贡献也。书首有林语堂先生长序，丰子恺先生的插画，书末并有附录数种，对赛珍珠女士之思想作风均有详尽之分析，各埠各大书店均有经售。

朱雯译本与戴平万译本和哲非译本不同，还增添了林语堂的序和丰子恺的插图。不仅如此，朱译本的装帧出自钱君匋之手，可谓名著名译名序名插图名装帧，五美并具。然而，查朱译本原书却又有些出入。书中虽有丰子恺漫画《胜境在望》，却无林语堂的序。书末有"附录"，一是林语堂的《白克夫人的伟大》，二是林语堂女儿林如斯根据B. J. W. 著《赛珍珠小传》而改写的《赛珍珠传》。林语堂这篇《白克夫人的伟大》其实并非为《爱国者》所作，而是早在《爱国者》出版六年前就已写就，初刊1933年9月《论语》第24期，收入1934年8月上海时代图书公司初版《我的话·行素集》。此文是林语堂为回应江亢虎等人对《大地》的批评而撰，强调赛珍珠"在美国已为中国最有力的宣传者",《大地》的问世"使美国人打破一向对于华人的谬见"。既然是林语堂旧作,此文自不宜作为《爱国者》的序,鉴于林语堂当时在中国文坛的重要地位,作为"附录"却是合适的。

朱雯后来以译雷马克和阿·托尔斯泰享誉文坛,他更早译的这本《爱国者》几乎被遗忘了。迄今研究1930年代至1940年代中国翻译文学的,也几乎不提此书。而且《爱国者》的出版正值上海"孤岛"时期,许多作者发表著译都署笔名,与朱雯合译此书的唐齐和冯煊两位竟为何人?至今一无所知。可惜朱雯和相关当事人都墓木已拱,无从请教了。

2016年2月7日

柯灵故居

上海复兴西路147号作家柯灵故居经过修缮和整理，于2016年2月6日揭幕，对外开放，这对中国现代文学研究界和海内外文学爱好者无疑是一个令人欣喜的新春大礼。

自1959年迁入至2000年逝世，柯灵在这幢建于1933年的西班牙式公寓二楼203室居住了四十余年。他在这里完成了电影剧本《不夜城》，撰写了散文名篇《遥寄张爱玲》、《钱锺书创作浅尝》和《回看血泪相和流》，还开始了长篇小说《上海一百年》的写作……可以毫不夸张地说，这处故居不仅在柯灵个人创作史上举足轻重，同时也见证了中国当代文坛近半个世纪的风云变幻。

我有幸参加故居开馆仪式，感慨良多。从1978年开始，不知有多少次，我在下午四时以后按响203室的门铃，拜访柯灵先生，向他请教，每次都受到他的热情接待。他对我回顾他的创作历程，他与我谈论张爱玲和傅雷，他还告诉我不少现代文坛往事。当我重新踏入熟悉的203室客厅和书房，他耳戴助听器与我聊天的情景又历历如在眼前。

柯灵故居一楼已辟为"柯灵生平展"，展出柯灵各个时期的照片、手稿、著作初版本和发表作品的海内外报刊杂志，琳琅满目。

我意外地发现，自己当年从原刊发现抄录的他的处女作也陈列在显著位置，那是两首儿童诗，照录如下：

猴子种树

猴子种了一棵树，急得坐立都不是：

只望马上生枝叶，当天开花结果子。

拔起瞧一瞧，树根可生牢？

拉住捋几捋，树身可动摇？

左一弄，右一瞧，

果子没尝到，果树搞死了！

懒惰的小爱华

驴子会推磨，

马儿会拉车，

老牛耕田帮农夫，

小小黄狗会看家。

小爱华，太懒惰，

厌弃书本恨功课，

天天逃学不成话！

吃饱便去玩，

有事不会做：

好像一只小猪猡，

只会睡觉只会坐！

　　前一首刊于1928年9月6日上海《小朋友》第323期，署名季琳；后一首刊于同年9月13日《小朋友》第324期，署名高季琳。柯灵原名高季琳，他的新文学生涯以儿童诗起步，其时他十九岁，在浙江绍兴老家，还未到上海滩闯荡文坛。

　　除此之外，柯灵故居还展出了现当代文坛名家写给柯灵的信和送给柯灵的书，其中有一连串耀眼的名字：巴金、冰心、沈从文、李健吾、钱锺书、杨绛、丁玲、夏衍、阳翰笙、陈白尘、黄佐临、楼适夷、周而复……还有香港的刘以鬯，台湾的余光中、痖弦等。这是一笔宝贵的文学财富，对研究现当代文学史，尤其是1980年代以来大陆、台湾、香港的文学交流有着重要的参考价值。其中有一本钱锺书赠送柯灵的《谈艺录》香港翻印本，前环衬有一大段毛笔题词，大概是钱锺书赠书友人题词最长者，颇有趣，也照录如下：

　　此乃余三十余岁时所作。老而无成，壮已多悔，故三载来京沪出版社数请重印，皆敬却之，惟闻港台盗印频繁。柯灵老友旧藏本已失去，嗜痂之癖索取，亦无以应。忽得港本一册，即以奉遗，即志永好。

　　　　　　　　　　　　锺书　一九七九年十一月六日北京

　　　　　　　　　　　　　　　　　　　　2016年2月14日

《音乐的解放者悲多汶》

《音乐的解放者悲多汶》(*Beethoven: The Man Who Freed Music*),夏莩莱(R. H. Schauffler,今译作肖夫勒)著,彭雅萝译,1946年11月上海悲多汶学会初版。这是部16开本,厚达五百七十二页,米色道林纸平装精印,又附有多幅珍贵插图的毛边大书。虽然出版时间稍晚,但就我所见,在中国现代毛边本大家族中,此书是最大最显眼的一种毛边本。

夏莩莱是西方研究乐圣贝多芬的权威,他穷三十余年研究之力而写成的这部《音乐的解放者悲多汶》,其鲜明特色是用"一种忠实的记述,这种记述,是要把这位伟大的解放者的音乐,和他最有趣味的生活,两方面同样注重的联系起来",同时也"研究他的事业,研究'他与他所处时代的关系'——也是研究他与音乐的关系,与美学范畴的关系"。(作者序)简言之,这是一本别开生面的贝多芬评传。而本书译者彭雅萝毕业于国立北平大学女子文理学院音乐系,她为贝多芬的音乐所深深吸引,本拟自己"写一本关于悲多汶的书",当读到夏莩莱这部名著后,毅然改变主意,"前后费时达四年"译出此书,以作为"像我这样对于悲多汶乐曲又很热爱者,研究悲多汶,研究音乐史的参考"。(译者序)

然而，除了译者，《音乐的解放者悲多汶》中译本的问世，还有一位大功臣，那就是向彭雅萝推荐此书，并为其"整理译稿""增作注释"的范纪曼。范纪曼认为此书"材料之丰富，内容之充实，见解之透彻"，特别是此书关于贝多芬乐曲两个创作动机的分析，"是过去整个一世纪中，全世界所出版一切关于悲多汶的书籍中，所未发现者"。（转引自译者序）而且，从此书护页所印的一行文字"本书装帖：范纪曼"可知，此书的装帧包括毛边本形式也出自范纪曼之手。此外，书前还印有作者夏莭莱的题诗《解放者悲多汶》，译者也是范纪曼。

由此可见，《音乐的解放者悲多汶》其实是范纪曼与彭雅萝合作的产物，他俩也因此而定情，结为伉俪。范纪曼本人译诗也写诗。1943年6月，他以范纪美为笔名，以木简书屋名义在上海出版了译诗集《还乡记》（德国海涅著）。1946年1月，他又以中外文艺书店名义在上海出版了新诗集《汐之螺》。这两种诗集也均为毛边本。因此，《音乐的解放者悲多汶》初版3000册，全部都是毛边本，也就绝非偶然，范纪曼无疑是一位毛边本爱好者。

更有必要说明的是，范纪曼是一位传奇性人物。他从过军，学过舞台艺术，做过编辑，当过大学教授，开过旧书店，抗战胜利以后，还在美国驻华使馆新闻处和南京政府国防部工作过。但他的真实身份是中共秘密战线的情报人员。当时以至后来很长一个时期，范纪曼这个绝密身份不可能为外人所知晓。另一位有名的毛边本爱好者、书话家唐弢就误以为他在敌伪时期"鬼鬼祟祟"，抗战

胜利后"摇身一变,居然成为红极一时的'要人'"。(《书话》序言)

范纪曼后来受轰动中外的"潘汉年、扬帆案"株连而蒙冤,1984年始获平反。这位不折不扣的老"毛边党人"1990年以八十四岁高龄逝世,出版于七十年前的《音乐的解放者悲多汶》成了他钟情毛边的一个历史见证。

2016年2月21日

"周班侯时代"

香港中文大学出版社2015年底出版的《夏志清夏济安书信集》第二卷中,有封夏济安写于1950年11月25日的信,是他自香港到台北后写给夏志清的第三封信。此信开头,他告诉夏志清:

> 来台后写成一篇三千字的讽刺文章《苏麻子的膏药》,自以为很成功,可以和钱锺书at his best相比,抄录寄奉太麻烦,以后在哪里发表了,可剪一份寄给你。我所以还没送出去发表,(是)因为据我这一个月来的观察,台湾创作水准非常之低,似乎还远不如周班侯时代的上海,我的文章恐怕没有一个适当的杂志配发表。

《苏麻子的膏药》是夏济安的中文短篇小说,已收在台湾志文出版社版《夏济安选集》中。值得注意的是,他对当时台湾文坛的印象极差,认为"似乎还远不如周班侯时代的上海"。"周班侯"是什么人,"周班侯时代"又是什么时代?《书信集》应该出注,却没有,也许疏忽,也许难以注释。因此,有必要探究。

查《中国现代文学作者笔名录》(1988年12月湖南文艺出版

社版),确有"周班侯,笔名:班公——四十年代在上海报刊署用"。这就跟40年代上海扯上了关系。循此线索,可知1940年9月创刊的上海《西洋文学》发表过班公翻译的外国戏剧和小说,米尔恩(A. A. Milne)的《解甲归来》等两篇剧本署名班公,赫胥黎的小说《画像》就署名周班侯。从1943年起,班公的创作经常出现在上海《风雨谈》《杂志》等刊物上。尤其是《杂志》,从1943年底到1945年8月停刊,班公的《谈时髦文章》《春山小品》《扬州绘卷》《听曲梦忆》《论不修边幅》等文源源不断地刊于《杂志》,有个时期每月一篇。而这段时期也正是张爱玲文学创作的喷发期,也几乎每个月都有小说散文在《杂志》刊出,两人多次有同刊之雅。可能因此,张爱玲《传奇》出版时,班公也即周班侯受邀出席杂志社主办的"《传奇》集评茶会"。他未到会,递交了书面发言,其中写道:

> 她的文体有些特别。她用外国人的笔法,奢侈地用着"隐喻"(Metaphor),叫人联想的地方特别多。有人说她的小说不容易懂,可是,用读十七世纪英国"玄学诗派"的作品的眼光去读她,并不难懂。她的手法并不新奇,她是把外国笔法介绍给我们了。这试验有没有广泛地成功了呢?然而,这总是有价值的试验。我佩服她炼字炼句的功夫。我喜欢她的"矜持"。她的小说是一种新的尝试,可是我以为她的散文,她的文体,在中国的文学演进

史上，是有她一定的地位了的。

班公又于1944年8月创办了文学月刊《小天地》，小32开薄薄一册，内容却不单薄。创刊号先声夺人，刊出了张爱玲的《炎樱语录》《散戏》两篇散文，还有张爱玲为苏青小说《女像陈列所》所作插图一帧。张爱玲投稿一直选择颇严，能给班公如此大力的支持，确实有点出乎人意外。1945年4月《小天地》第4期又发表了张爱玲的《气短情长及其他》。就篇数而言，除了《杂志》《天地》两刊，《小天地》发表的张爱玲作品，已与《万象》相当了。

至此，应可确定，夏济安所谓"周班侯时代的上海"也即"班公时代的上海"，从某种意义讲，即指沦陷时期的上海文坛。

2016年2月28日

关于《遥寄张爱玲》的一封信

1985年2月《香港文学》第2期发表了柯灵的《遥寄张爱玲》，同年4月北京《读书》重刊，同年5月上海《收获》重刊，1987年3月台北《联合文学》又重刊。这篇柯灵晚年回忆张爱玲1940年代文学历程的文字遂成为研究张爱玲的重要文献。有意思的是，该文每次重刊，作者都有不同程度的修改，笔者以前曾撰文讨论。

上海柯灵故居对外开放，笔者在展出的柯灵文坛友好来信中见到一通《香港文学》主编刘以鬯给柯灵的信，正好涉及《遥寄张爱玲》的发表，照录如下：

柯灵兄：

《遥寄张爱玲》已收到，谢谢！

《香港文学》定八五年一月五日创刊，第二期因旧历新年关系，必须提前发稿，大作已交字房植字，决定刊于二月号。《读书》要登此稿，最好刊于三月号或四月号。本刊系新杂志，与《读书》同时发表，似不相宜。

大作第廿三、廿四页中有些敏感的字句拟删去，未知能得同意否？

匆上，即颂

著安！

弟 以鬯上 十二月十三日

《香港文学》1985年1月5日创刊，从落款"十二月十三日"可以推算此信写于1984年12月13日。作为创办人和主编，刘以鬯当时正忙着为《香港文学》组稿。柯灵是他上海时期的老友，理应在约稿之列。上海受到约稿的还有师陀、辛笛、沈寂等劫后幸存的文坛老友，他们也先后提供了佳作。因此，应可推断，若非刘以鬯热情约稿，柯灵未必会写这篇《遥寄张爱玲》。

刘以鬯在信中通报柯灵，他已收到《遥寄张爱玲》稿，决定刊于《香港文学》第2期。一定是柯灵告诉他北京《读书》也要刊发此文，所以他又表示如与《香港文学》"同时发表，似不相宜"。这也就是《读书》晚了两个月才发表《遥寄张爱玲》的原因。

值得注意的是，刘以鬯认为《遥寄张爱玲》原稿第廿三、廿四页中有些"敏感的字句"，拟删去而征求柯灵同意。由于未见原稿，我无法确认文中哪些字句"敏感"，也许即为我以前指出的该文倒数第三段末尾"大陆不是天堂，却决非地狱……"那一部分。但从《香港文学》发表的《遥寄张爱玲》观之，刘以鬯此议似未实行，因"大陆不是天堂"那一部分发表时仍然保留了。反而是两个月后《读书》发表本把这一部分删去，换上了新写的"新社会不是天堂，却决非地狱……"这一部分。到了《联合文学》发表本，这一部分连同整个倒数第三段都被删去了。

《联合文学》删改本后来编入1989年3月台北允晨文化公司版《张爱玲的世界》（郑树森编），目前内地各种关于张爱玲的书收录《遥寄张爱玲》时，大都以《联合文学》删改本为准。但不是没有例外。我日前才发现《遥寄张爱玲》首次在内地收集，是柯灵著、1986年7月山西人民出版社版《煮字生涯》，使用的版本恰恰是最初的《香港文学》发表本，文末说明误作"原载《读书》1985年第4期"。而1992年9月台北业强出版社出版柯灵著《隔海拜年》时，收入的《遥寄张爱玲》恢复了倒数第三段的前半部分，《香港文学》发表本和《读书》发表本末尾不同的两部分则仍都删去。

《遥寄张爱玲》的版本真有点扑朔迷离。

2016年3月6日

《京报副刊》与"四大副刊"

《京报副刊》作为邵飘萍主办的《京报》的副刊,1924年12月5日创刊于北京,孙伏园主编。长期以来,《京报副刊》被认为是五四时期四大文学副刊之一,另外三家副刊是《晨报副刊》、《时事新报·学灯》和《民国日报·觉悟》,正好北京、上海各占一半。但是,这个"四大副刊"的说法起于何时,却一直未有定论。

新文学界最初提到五四时期有影响力的文学副刊,其实只有三家,《京报副刊》并不包括在内。朱自清在1929年写的清华大学国文系讲义《中国新文学研究纲要》中,介绍"五四运动时期"的文学副刊时,就是这样表述的:"日报的附张——北京《晨报副刊》,上海《民国日报·觉悟》,《时事新报·学灯》。"

迄今所见到的最早把《京报副刊》归入"四大副刊"的提法源自沈从文。1946年10月17日,沈从文在北京写下了他接编天津《益世报·文学周刊》的《编者言》,文中有如下一段话:

> 在中国报业史上,副刊原有它的光荣时代,即从五四到北伐。北京的《晨副》和《京副》,上海的《觉悟》和《学灯》,当时用一个综合性方式和读者对面,实支配了

全国知识分子兴味和信仰。

这是首次把《京报副刊》和《晨报副刊》《时事新报·学灯》《民国日报·觉悟》相提并论，并且对它们的历史作用做了很高的评价，虽然并未直接提出"四大副刊"这个说法。

九年之后，曹聚仁在香港写他"一个人的文学史"《文坛五十年》。书中专设两章，即第廿五章《〈觉悟〉与〈学灯〉》和第廿六章《〈北晨〉与〈京报〉》，讨论五四运动以后有代表性的文艺副刊。曹聚仁认为孙伏园主编的"北京《晨报副刊》，那是新文学运动在北方的堡垒"，"到了1925年10月间，由徐志摩主编，也还是继承着文学革命的任务。孙伏园走出了《晨报副刊》，接编北京《京报副刊》，也就是《晨报》那一副精神"。可见曹聚仁实际上也认同"四大副刊"的说法。

到了1979年，北京三联书店出版《五四时期期刊介绍》。该书介绍《晨报副刊》时，如下一段话值得特别注意：

> 自《晨报》改革第七版（笔者注：时在一九二一年十月十二日）之后，不少报纸也随之改进了副刊。上海的《民国日报》从一九一九年六月取消了常刊载黄色材料的《国民闲话》和《民国小说》两副刊，改出《觉悟》，开始宣传新文化和介绍有关社会主义思想的材料，在一九二五年以前，长期起过进步作用。上海《时事新报》

（也是研究系的报纸），自一九一八年三月便创办《学灯副刊》，《晨报副刊》改革后，也实行革新，传播科学知识和资产阶级哲学文艺思想。这些副刊和一九二四年十二月出版的《京报副刊》一起，被称为五四时期中的"四大副刊"。

这是目前所看到的首次明确把《京报副刊》与《民国日报·觉悟》《时事新报·学灯》《晨报副刊》归并在一起，正式提出了"四大副刊"之说。因此，在新的史料尚未出现之前，五四时期"四大副刊"的提法只能定为起始于1970年代末。当然，《京报副刊》列为"四大副刊"之一，无论就其当时的文学和学术成就还是后来的文学史地位而言，都是当之无愧的。

2016年3月13日

《一只马蜂及其他独幕剧》

见到一册《一只马蜂及其他独幕剧》，西林著，蓝纸面精装，淡黄纸护封，1925年5月北京大学现代评论社初版，列为"现代社文艺丛书"之一，前环衬有毛笔题字：

> 送　志摩（从欧洲回来的第三天）
> 　　　　　　　　　　　　　叔华

西林即丁西林，擅独幕剧，特别是喜剧和讽刺剧。此书是他的处女作，也是他的代表作，虽然书名有点长。书中收《一只马蜂》《亲爱的丈夫》《酒后》三部独幕剧。《酒后》有作者的一则前言，颇幽默风趣：

> 这篇独幕短剧，是由一个朋友叔华的一篇短篇小说产生出来的（小说见《现代评论》第五期）。我读了那篇小说，觉得它的意思新颖，情节很配作一独幕剧。当时同读的两位朋友，亦表示赞同，并极力怂恿我写一篇短剧。我既受了那篇小说的启示，又得到他们两位的鼓励，遂写成

了这本剧本。现在我一面向他们表示我的感谢，一面要向读者说个明白，如果你们对于这篇剧本的意思和情节，有甚么赞许，那么你们应该将赞许都送给那篇短篇小说的著者；对于剧本的修词上，剧中人的性格及表现上，如果有不满意的地方，那——那只好归咎于我的那两位朋友——因为是他们要我写的！

原来丁西林这部《酒后》改编自凌叔华的短篇《酒后》。《酒后》也是凌的代表作，初刊1925年1月10日《现代评论》第5期，是她在《现代评论》上发表的第一篇作品。小说仅四千余字，写的是一位年轻的妻子酒后要求丈夫同意她去吻一下酒醉的客人，好不容易丈夫同意了，她最后又选择放弃。后来鲁迅编《中国新文学大系·小说二集》，选了凌叔华发表在《现代评论》上的另一篇《绣枕》，但在导言中是这样评价的："凌叔华的小说，却发祥于这一种期刊的，她恰和冯沅君的大胆，敢言不同，大抵很谨慎的，适可而止的描写了旧家庭中的婉顺的女性。即使间有出轨之作，那是为了偶受着文酒之风的吹拂，终于也回复了她的故道了。这是好的——使我们看见……世态的一角，高门巨族的精魂。"这段话中的"出轨之作"即指《酒后》。"两位朋友"建议丁西林改编《酒后》，或可谓英雄所见略同。可惜这"两位朋友"已不可考，也许有一位是徐志摩？但这则现代文学掌故仍值得一提。

丁西林应该感谢凌叔华的还不止这点，此书装帧也是凌叔华设计的。书的封面和护封,下半部分图案都是树木茂盛的半山上有三座小亭,山景右下角署名"华",上半部分毛笔所书书名和作者名,都出自凌叔华手笔。凌叔华擅丹青早为人知,但从事书籍装帧却是首见。

当然,值得注意的还有凌叔华的题词。此书是凌叔华题赠徐志摩的,虽然书不是她所著,但其中的《酒后》据她的小说改编,装帧设计也是她的作品,她有理由送给徐志摩。徐志摩当时因与陆小曼热恋,北京社交界议论纷纷,遂于1925年3月11日赴欧暂避,7月底才回京。但是凌叔华题词中所说的"从欧洲回来的第三天",到底是哪一天?也已不可考。不过这已不重要,重要的是,徐志摩显然欣赏凌叔华的装帧设计,他三个月后接编《晨报副刊》,就请凌叔华设计报头,以至引发一场"剽窃琵亚词侣"风波,但这已是现代文学史上的另一桩公案了。

2016年3月20日

陈梦家的投壶题跋

三年前，北京传是拍卖公司拍出一幅投壶照片，粘贴照片的底版上有一则考古学家陈梦家的毛笔题跋，原文如下：

> 投壶，周器也。高约华尺一尺六寸强，铜质。周身现红绿色，上有三口，旁有二只（耳？），颈有二螭龙，腹有螭龙头四，并有一马一鹿一麋一狮，制作极精。颈色为瓜皮绿，腹色有蟾蜍绿，足处绿中，均带红色锈纹，古色斑烂，美丽可爱。三千年以前物也。　梦家识

这幅投壶照片与照片中的投壶一样，也大有来头。照片是史学家邓之诚旧藏，照片及底版上共钤有三方鉴藏印，即白文"邓之诚印"、"邓之诚文如印"（邓之诚，字文如）和朱文"之成所藏"。底版上又印有"宝记 上海南京路抛球场"等字样，可知这件投壶当时在上海，照片由位于抛球场（南京东路河南中路口）的"宝记"照相馆所摄。

投壶为中国古代宴会礼制。《礼记·投壶》郑玄注云："投壶，射之细也，射，谓燕射。"方法是以席间酒壶作目标，用矢投入壶

口，以投中多少决胜负，负者罚酒。后就以"投壶"为酒壶之代名词。邓之诚富收藏，著有有名的《骨董琐记》。这幅照片中的投壶显然是周代铜器中的精品，为其所喜爱，故请研究青铜器的权威陈梦家在照片上题词留念。

陈梦家以新诗登上中国现代文坛，是闻一多、徐志摩器重的新月派后起之秀，且录他1953年冬诗兴偶发写的一首小诗《过北海三座门大街》：

> 对着黄尘蒙罩的夕阳，
> 对着静静地粉红色宫墙，
> 止一轮淡绿的月光，
> 奇怪的冰原，说不出的凄凉。

陈梦家的学术兴趣广泛，大学学的是法律，又涉猎过神学，曾选译《圣经·雅歌》，后因研究中国古代宗教、神话、礼俗而治古文字，再由研究古文字而转入研究上古史及考古学，终于在甲骨学、西周铜器断代及简牍研究上卓有建树，自成一家，主要著作有《殷虚卜辞综述》《西周铜器断代》《中国文字学》《尚书通论》等。不过，陈梦家毕竟以文学起家，所以这则短短的投壶题跋，既显示了他的学术造诣，也体现出他观察细致、描绘生动的文字功力。

像陈梦家这样，先迷恋新文学，后转向学术研究的，在中国现代学术史上屡见不鲜，举其代表性人物，有陈衡哲、闻一多、朱自清、陆志韦、冯至、滕固、苏雪林、顾随、裴文中、尚钺、赵景深、施蛰存、方光焘、孙毓棠、杨联陞、程应镠……他们中不少位后来转向古典文学研究，也有转向文字学、史学、考古学、美术史乃至经济学研究，均成就斐然。这是一个十分有趣的文化现象，他们为什么先后转向？原因当然多种多样，除了沈从文转向中国古代服饰研究已被广为探讨外，其他至今尚未得到学界应有的关注。

当年有感于陈梦家生前未能出版散文集而编《梦甲室存文》（2006年7月中华书局版），然而，遗珠之憾在所难免。今后如有机会增订重印此书，这则新发现的投壶题跋，当可补入也。

2016年3月27日

《德国诗选》

此前介绍《音乐的解放者悲多汶》毛边本时,我特别提到此书得以出版,范纪曼功不可没。而这册《德国诗选》毛边本,正巧是范纪曼的旧藏,前环衬左下角有他用紫红蘸水笔写的五个字:"范纪曼藏书"。

《德国诗选》,郭沫若、成仿吾合译,1927年10月上海创造社出版部初版,列为该社"世界名著选第六种",也列为"成仿吾郭沫若合著合译的书"第二种,印数3000册。当时,这两位创造社巨子一定有一个较为长期的合著合译计划,在此书扉页反面就印着出版广告,他们合著合译的书第一种是"《从文学革命到革命文学》(印刷中)",还有"其他多种待续编",结果只出版了第一种和第二种。未能续著续译的原因简单而清楚,1928年2月郭沫若就亡命日本,同年5月成仿吾也离沪赴欧洲了。

这册仅六十八页的小译诗集虽然篇幅不大,却是中国新文学史上第一部翻译德国诗选,共收入歌德、席勒、海涅、施笃谟(Theodor Storm,今译作施托姆)、列瑙(Nikolaus Lenau,今译作雷瑙)、希莱(Peter Hille,今译作希勒)六家诗,计歌德《湖上》等十四首、海涅《幻景》等四首、席勒《渔歌》一首、施笃谟《秋》一首、列瑙《秋的哀词》一首和希莱《森林之声》一首。其中，郭沫若译了十八首，成仿吾译得少，只有六首，郭沫若译的歌德《艺术家的夕暮之歌》《掘宝者》等是首次发表。有趣的是，歌德《湖上》和《牧羊者的哀歌》二首，两人都译了，正可对照。且举《湖上》第一节为例。

郭沫若的译文：

鲜的营养，新的血液。
我吸取从自由的天地，
"自然"拥我在怀中，
是何等地慈和，婉丽！
波摇摇而弄舟，
水声与棹声相酬，
湖岸山入云表，
欢迎我辈来游。

成仿吾的译文：

新的营养，新的血涛，
我由大空之中吮吸；
自然是怎样惠好，
这拥我于怀的！

微波荡摇我们的小船,
徐与棹声相和,
连山耸入云间,
遥遥在迎你我。

再举《牧羊者的哀歌》第一节为例。郭沫若的译文:

在那儿的高山之巅,
我伫立过几千百遍,
凭依着我的手杖,
沉沉地看入谷间。

成仿吾的译文:

高立彼山之上,
我屡依依延伫,
我身斜倚杖儿,
俯向谷中凝瞩。

相比之下,应该是郭沫若译得好些,流畅些。郭沫若的新诗集《女神》当时已风行一时,他的新诗翻译理应更高明些。

另外,歌德的名诗《流浪者的夜歌》有多种中译,本书中郭沫

若的译文(郭译题作《放浪者的夜歌》):

一切的山之顶,

沉静,

一切的树梢

全不见

些儿风影;

小鸟儿们在林中无声。

少时顷,你快,

快也安静。

传诵更广的是梁宗岱的译文,其实相差不是很大:

一切的峰顶

沉静,

一切的树尖

全不见

丝儿风影。

小鸟们在林间无声。

等着罢:俄顷

你也要安静。

《德国诗选》是48开小本，书的毛边则毛在书根和书口，正是鲁迅所提倡的；内文天地疏朗，每首诗第一行第一个字都用大字排版，明显是借鉴了欧美诗集的流行版式。对这本译诗集的装帧，书话家唐弢曾赞不绝口："创造多小本书，扉页各有饰画，选纸精良，装帧美观，此即其一。"（《晦庵书话·〈德国诗选〉》）

2016年4月3日

作家的自传

人之一生,有一定文化程度的,总免不了要写"自传",而作家尤其是有名的作家,一生中不可能没写过自传。鲁迅就写过好几份。1925年,苏联人王希礼翻译《阿Q正传》,鲁迅应其之请写了《著者自叙传略》。1930年,鲁迅在这篇自叙基础上新写了《鲁迅自传》,到了1934年,他又应美国人伊罗生(Harold Robert Isaacs)之请,为他翻译的中国现代短篇小说选《草鞋脚》写了新的《自传》,手稿均存世。

日前见到作家吴组缃的《吴组缃小传》,钢笔手稿共两页六百多字。夏志清在《中国现代小说史》中对吴组缃评价不低,给了单独一章,称誉其是"有才华的作家",《一千八百担》《樊家铺》等小说"无论技巧、气势,均属完整","他的观察是敏锐又周到的,他的文体简洁清晰,没有一点'新文艺腔'。他的农村画面是写实的……"那么,吴组缃是怎样写自己的呢?请看:

> 吴组缃,一九〇八年四月,生在长江南岸,安徽省,泾县,茂林村。这是皖南黄山山脉的山区,人民聚而居,保持着古老的宗法统治社会。祖父是个油坊商人。父亲做

过塾师，医生和卖字者（书法艺术家）。他受康有为，梁启超"维新变法"思潮影响，反对考科举，取功名。但在第一次世界大战时期做土特产出口生意，赚了一些钱，家境逐渐宽裕起来。十四岁毕业于本村小学，开始到附近的宣城，芜湖等城市的省立中学读书……

一九二九年考入清华大学中国文学系读书，同时开始写作以农村破产为题材的小说和散文。先后出版了《西柳集》和《饭余集》，其中包括他的代表作《一千八百担》《樊家铺》《天下太平》等。抗日战争期间，在冯玉祥将军处参加抗日工作，又在前中央大学国文系任教，发表了一些小说散文如《某日》《铁闷子》等，多以农村动态及抗战为题材，后又写了一部长篇《山洪》，主要反映江南农村的斗争情况。……

有趣的是，这篇小传是用第三人称写的，青少年时代写得较具体（鲁迅也是这样），写到后来就成了流水账，并带有那个时代的痕迹。不过，他自认《一千八百担》《樊家铺》等为"代表作"，与夏志清的看法一致。这篇小传是吴组缃1979年2月应翻译家吕福克（Volker Klöpsch）之请而写的，当时吕福克把他的小说《天下太平》译成了德文。到了该年12月，四川人民出版社出版阎纯德等编著的《中国文学家辞典》现代第一分册时，吴组缃条目就依据这篇小传略加增删而成，其中许多字句一模一样，可见当时吴组缃把这篇小传留有备份,有人索取即付之。

作家写自传最简短的大概是钱锺书杨绛夫妇了。抗战胜利后,中华全国文艺界协会在沪会员填写自传,钱锺书杨绛的自传写在同一页纸上,中英文混杂,一人只有数十字。钱是"1910年十一月生,江苏无锡人。清华大学,牛津大学,巴黎大学攻文学",然后开列"重要著作"书目,均早为人知。杨绛则是"1911年七月生于北平,江苏无锡人。东吴大学政治系毕业,清华大学,牛津大学,巴黎大学攻文学",然后也开列著作书目,除了《称心如意》《弄真成假》《风絮》三部剧本之外,还有一部作于1944年的话剧《游戏人间》,至今鲜为人知。

2016年4月10日

陈雨门的诗

1943年10月起,执教昆明西南联大中国文学系的闻一多与英国学者白英(Robort Payne)合作,选编《中国新诗选》并英译。这是继朱自清编《中国新文学大系·诗集》之后,又一次对中国新诗成就的大检阅,而且编选的范围扩大到了1930年代和1940年代前期。闻一多1943年11月25日致臧克家信中对此做了说明:"不是《抗战诗选》而是作为二千五百年全部文学名著选中一部分的整个《新诗选》。也不仅是'选'而是选与译……"闻一多查阅了当时在昆明所能找到的新诗集和新诗刊,编了《新诗过眼录》和《待访录》,还打算写"事略"、"批评"和"论说",态度极为认真。闻一多强调他这次编选"并不是代表某一派的诗人",而是"以文学史家自居",也即拟对新诗史做一客观而全面的梳理。

可惜的是,闻一多的工作并未最后完成,收入《闻一多全集》的《现代诗钞》只是未定稿。尽管如此,《现代诗钞》规模已相当可观,除了选入包括徐志摩、朱湘、陈梦家和他自己在内的新月派诸诗人,以及郭沫若、冰心、王独清、戴望舒、艾青、何其芳、田间和穆旦等文学史上早有定评的诗人的作品外,还选入许多刚崭露头角的至今仍被忽视的青年诗人的诗作,其中就有陈雨门。

陈雨门（1910—1995）是河南睢县人，长期居住开封。河南出过不少有特色的新诗人，如徐玉诺、于赓虞和苏金伞（《现代诗钞》就选入了他的《雪夜》），陈雨门也是河南新诗人群之一员。他爱写新诗，出版有新诗集《瓣瓣落花》《初耕》《喜讯》，他又喜欢灯谜，出版有《文虎集（灯谜大观）》《灯谜趣话》等。陈雨门晚年出版新诗精选集《陈雨门诗集》（1992年3月陕西旅游出版社版），虽只薄薄一小册，他毕生在新诗创作上的追求已大致荟萃于斯。书中就有《现代诗钞》选入的一首《秋晚》：

  我爱这蝙蝠飞

  这耳语似的诗思

  我的心跟着落叶流

  声音沙沙地

  飞乱黄昏

  剪破云

  吹远记忆

  忘掉秋天应该叹息的叹息

闻一多确实慧眼独具，把这首"现代"诗选入《现代诗钞》。这首小诗意象奇特，意境悠远，秋天的黄昏被写得如此富于"诗思"，不但是陈雨门的代表作，置之当时最好的"现代"诗之列恐也不会逊色。《陈雨门诗集》编入《秋晚》时注明"录自《闻一多全集·现代诗钞》",其实此诗初刊1937年1月上海《新诗》第4期,这可是戴望舒等主持的当时最高水平的新诗刊物。此诗发表时总题《秋晚与秋旅》,《秋晚》之后还有一首《秋旅》,《陈雨门诗集》失收:

驴子蹄捣乱游旅心
心里描画着
前面的山峦
漫山红叶　古寺的
殿角上　有幽铃清脆的响
于是　紧抽一下手中的鞭子
蹄声得得地
像听见　银白的溪流
被一枝古树分开　向石堤
奔腾　一首壮歌的奔流

显而易见,《秋旅》虽也别致,但比《秋晚》稍弱,所以闻一多只选了《秋晚》,但《秋旅》在陈雨门所有诗作中仍属上乘。如果不是作者晚年忘了这两首诗的最初出处,《秋旅》本也应该编入《陈雨门诗集》。陈雨门晚年对自己的新诗历程是有所反思的。《陈雨门诗集》上辑选入他1930年代至1940年代的诗,下辑选入他

1956年后至1980年代的诗,1950年初《初耕》中那些标语口号式的诗一首也不选,统统删弃了。

2016年4月17日

译莎士比亚

2016年是莎士比亚逝世四百周年，中国与莎翁故乡英国以及世界其他地方一样，正在隆重纪念这位人类历史上的伟大戏剧家。因此，或可回顾莎翁著作的中译历程。

如果从民初（1916年）林纾翻译《亨利第六遗事》算起，莎翁作品正式进入中国正好一百周年。中国翻译莎翁的文坛名家甚多，据不完全统计，他们中有田汉、张采真、邓以蛰、顾仲彝、曹未风、梁实秋、曹禺、杨晦、朱生豪、孙大雨、吴兴华、林同济等（以第一本译著出版先后顺序排列）。田汉是新文学作家中翻译莎士比亚第一人，他1921年就翻译发表了《哈孟雷特》（又译作《哈姆雷特》）。1949年以前，只译了一种的有好几位，如顾仲彝译《威尼斯商人》、曹禺译《柔密欧与幽丽叶》（又译作《罗密欧与朱丽叶》）和孙大雨译《黎琊王》（又译作《李尔王》）。而以朱生豪译得最多，梁实秋和曹未风也译得不少。

1947年4月，上海世界书局出版了朱生豪翻译的《莎士比亚戏剧全集》，共三辑二十七部悲喜剧、历史剧和杂剧，只有五部半历史剧未及译出。朱生豪本拟译完全部莎剧，谁知贫病交加，年仅三十二岁就英年早逝，壮志未酬，令人痛惜。幸好他的译稿大部分保存下来了,现在已由国家图书馆出版社影印出版。梁实秋比他幸运得多,自1936年6月由上海商务印书馆同时推出《威尼斯商人》和《马克白》始,到1949年,共译出《丹麦王子哈姆雷特之悲剧》《如愿》《李尔王》《奥赛罗》《暴风雨》七种悲喜剧。更值得称道的是,梁实秋赴台后仍孜孜矻矻,坚持不懈,终于大功告成,译竣包括戏剧和《十四行诗》在内的莎士比亚全集,成为中国译完莎翁全集第一人。与朱生豪一样赍志以殁的还有孙大雨。他虽然在1949年以前只出版了一种《黎琊王》,却是中国以诗体翻译莎剧第一人,有心译完全部莎剧。可惜1949年以后,他先被打成右派,后又惨遭"文革"浩劫,长期无法执笔,至谢世才只译出《罕姆莱德》(后又改为《罕秣莱德》)、《奥赛罗》、《麦克白斯》、《暴风雨》、《冬日故事》、《萝密欧与琚丽晔》、《威尼斯商人》共八部,同样令人扼腕。

比较当年各位译者对莎翁剧名的不同译法是件十分有趣的事。最有名的*Hamlet*,现在通译《哈姆雷特》,这也是梁实秋和卞之琳的译法,但当年田汉译的是《哈孟雷特》,曹未风译的是《汉姆莱特》,朱生豪最初译的是《汉姆莱脱》,而林同济译作《丹麦王子哈姆雷的悲剧》,都是一个或两个字不同。只有孙大雨译作《罕秣莱德》,仅一个"莱"字别人用过,而且他特立独行,坚决不改。最近才问世的许渊冲译本,则译作《哈梦莱》,更是与众不同(1938年周庄萍译本作《哈梦雷特》,倒是前两个字相同)。

最为年轻人喜爱的爱情悲剧*Romeo and Juliet*,译名同样五花八门。出版最早的田汉译本作《罗蜜欧与朱丽叶》，朱生豪和梁实秋都基本沿用（只是"蜜"成了"密"），"罗密欧与朱丽叶"就成了通译名。但徐志摩和曹未风均译作《罗米欧与朱丽叶》，孙大雨则译作《萝密欧与琚丽晔》，这些还都是音译。邓以蛰译了此剧中《园会》一出，书名作《若邈玖袤新弹词》，真是古色古香。而邢云飞译作《铸情》，则完完全全是意译了。我最欣赏的还是曹禺的译名《柔密欧与幽丽叶》，既是音译，又不完全音译，一个"柔"一个"幽"，两字曲尽此剧之浪漫凄艳，也足使读者浮想联翩。

2016年4月24日

"书生本色"

1993年2月16日,正在香港中文大学访学的我,认识了鲍耀明先生。当天我的日记记云:"晚陈胜长宴请,与鲍耀明畅谈周作人,张玿于作陪。"首次见面,我们就成了"忘年交"。鲍公(大家都这样亲切称呼他)长我二十八岁,是我父执辈。但他一直视我为小弟弟,一直使我如坐春风。

从那时至今,鲍公与我的见面次数已多得数不清。在香港、在上海、在日本,我们一起游览,逛书店,喝咖啡,吃饭聊天。我们之间有说不完的话题,先是围绕着周作人,后又扩大到曹聚仁和罗孚先生等,鲍公和他们都是好朋友。

特别应该提到的是,鲍公1960年代与周作人的交往。他们两人之间的神交,早已传为美谈,越来越引起海内外中国现代文学研究界的重视。鲍公1960年6月经曹聚仁介绍,开始与周作人通信,直到1966年5月周作人给他的最后一信(6月和7月周作人仍有信写给鲍公,但鲍公已收不到了),六年之间周作人给鲍公写了四百零二封信,鲍公是周作人晚年通信最多的人。他们虽然没有见过面,但在这么多通信中建立起来的友谊实在令人感动。1972年,也即周作人逝世五年后,鲍公在香港出版了《周作人晚年手札一百封》,他在序中写道：

> 知堂老人的信，一如其文，光芒内敛，还真返璞，中有含蓄，耐人咀嚼。"苦茶"一杯，颇堪回味。难怪他底文章风格，被许多小品文作家奉为圭臬了。此外，内容且不少为外人所不知的文学掌故，这一点，特别觉得可贵。

鲍公说得多好，这些话直到今天，仍然十分恰切。1997年，周作人逝世三十年后，鲍公在香港整理出版了完整的《周作人晚年书信》（香港真文化出版公司版）。2004年，修订后的《周作人与鲍耀明通信集》在内地出版（河南大学出版社版），香港和内地文学研究界好评如潮。同年，鲍公又在内地出版《知堂遗存》两种（福建教育出版社版），即周作人《童谣研究手稿》和《周作人印谱》。到了2011年和2012年，鲍公又将他珍藏多年的周作人赠送他的手稿和胡适、刘半农等五四作家的手稿、信札和书物等以拍卖资助残疾人士的方式回馈社会。鲍公所做的这一切，为研究晚年周作人提供了大量珍贵的第一手数据，为我们打开了一扇又一扇了解周作人晚年生活、思想和创作的窗户，周作人研究史上将永远铭记鲍公的功绩。

虽然年轻时经商，鲍公一直喜爱文学，又精通日语，尤其对日本文学情有独钟。他与谷崎润一郎等日本著名作家有过交往，曾翻译日本古典和近现代文学名作多种，还计划翻译出版日本文学经典

《源氏物语》和永井荷风的《濹东绮谭》，并编撰《中译日文书目考》，周作人还都为他题写了书名。直到九十高龄，鲍公还精心译出日本十返舍一九的名著《东海道徒步旅行记》在内地出版，文笔之辛辣老到，颇受内地日本文学研究界推崇。

鲍公儒雅谦和，幽默风趣，喜欢与年轻人交朋友。我想起在九龙锦绣花园鲍公寓所见过一幅周作人书赠他的横幅，上书四个大字："书生本色"。落款是"耀明先生属"，可知这是鲍公专门函请知堂写的。我想，在鲍公心目中，为人具有"书生本色"，保持"书生本色"最为重要。这四个字，也应是老人对鲍公的期许，而鲍公一生行谊，也完完全全当得起这四个字："书生本色"！而今，"书生本色"的鲍公与周作人终于在天堂相见了，老人一定有说不完的话要对"耀明兄"说……

2016年5月1日

《怨女》初版本

《怨女》是张爱玲继《秧歌》《赤地之恋》之后第三部既有中文版又有英文版的长篇小说（英文版题为 *The Rouge of the North*，中文名《北地胭脂》）。但是，台北皇冠出版社的《怨女》初版本是何时问世的？由于以前所见早期《怨女》单行本均未印上出版时间，一直无法判断。日前友人贻我一册《怨女》，列为"皇冠丛书第167种"，据封底勒口（代版权页）的信息，可得知《怨女》初版时间是1968年7月，这个长期未解之谜终于解开了。

同一个月，皇冠出版社还推出了《张爱玲短篇小说集》（香港天风出版社版《张爱玲短篇小说集》的台湾版），列为"皇冠丛书第168种"。而一个月前，皇冠已出版了张爱玲的《秧歌》和《流言》，分别列为"皇冠丛书第165种"和"第166种"。这样，应可确定，张爱玲的作品首次登陆台湾是在1968年6月至7月间，首批为《秧歌》《流言》《怨女》《张爱玲短篇小说集》四种，其他三种都是重印，只有《怨女》才是她到美国后新创作的。

《怨女》的创作和发表过程甚为曲折。张爱玲到美国后，潜心创作了英文长篇小说 *Pink Tears*（中译名《粉泪》），这是根据《金锁记》"改写"的。不料，《粉泪》在美出版受阻，于是，张爱玲再把它"改写"回中文，她1963年9月25日致夏志清信对此有过说明："为什么需要大改特改，我想一个原因是一九四九年曾改编电影（笔者注：指把《金锁记》改编成电影），可惜未拍成，留下些电影剧本的成分未经消化，英文本是在纽英伦乡间写的，与从前的环境距离太远，影响很坏……"改写工作至1965年10月大致完成，她同年10月31日致夏志清信中也有明确交代："这一向天天惦记着要写信给你，但是说来荒唐，《北地胭脂》（现在叫《怨女》）的中文本直到现在刚搞完……"然后，张爱玲再把《怨女》译回英文，也即《北地胭脂》，她同年12月31日致夏志清信中又特别提到："《怨女》再译成英文，又发现几处要添改，真是个无底洞，我只想较对得起原来的故事。总算快译完了。中文本五六年前就想给《星岛晚报》连载，至今才有了稿子寄去……"一个月内，中文《怨女》初稿和英文《北地胭脂》均大功告成，效率不低。后来，《北地胭脂》终于在1967年由英国伦敦卡塞尔（Cassell）书局出版，遗憾的是，并没有引起什么反响。

到了1966年7月1日，张爱玲致信夏志清，希望他去台湾时"打听打听《怨女》可否在那里出版"。夏志清为此做了努力，王敬羲、王鼎钧等台湾文学出版界人士闻讯也各自争取《怨女》在台连载和出版单行本。而自1966年8月起，张爱玲寄给宋淇的《怨女》中文初稿已开始在香港《星岛晚报》连载（具体连载日期至今未明，有待查考），张爱玲得讯后却又"实在头痛万分"（1966年8月31日致夏志清信中语），因为她本想对这一初稿再做修改。与此同时，1966年8月至10月台湾《皇冠》第150期至152期也连载了《怨女》初稿，这无疑也是宋淇推荐的。

2016年5月8日

宋淇评《怨女》

1966年10月,台北《皇冠》第152期连载张爱玲《怨女》完毕。也就在这一期上,发表了署名"宋琪"的《谈张爱玲的新作〈怨女〉》。"宋琪"即宋淇,印成"宋琪",不知是印误还是故意。作为后期张爱玲最亲密的朋友,宋淇写过一系列有影响的评张文字,除了有名的《私语张爱玲》,还有《从张爱玲的〈五四遗事〉说起》《唐文标的"方法论"》《〈海上花〉的英译本》《文学与电影中间的补白》《〈余韵〉代序》等。但是此文却是宋淇第一篇评张文字,发表时间比《私语张爱玲》早了整整十年,从未编集,弥足珍贵。此文2009年由台湾东海大学叶雅玲博士"发掘出土",至今未引起重视。

宋淇之所以写下此文,当然是为配合《怨女》连载,向台湾读者介绍张爱玲。因此,此文开头回顾了张爱玲从上海到香港再到美国的创作历程,接着笔锋一转,披露张爱玲去美后曾创作《雷峰塔》的消息之后,着重推出《怨女》:

> 这次《皇冠》杂志邀张爱玲写稿,前后有三年之久。在最初她有别的稿件要交卷和修改,后来又遭遇到题材上

的问题。她第一次尝试写的是:《雷峰塔坍下来了》,讲的是一个五四时代的女人,如何摆脱专制家庭的束缚,获得了自由。在动手写了一半之后,她觉得这题材不太合适,因为很容易引起读者的现成的联想,以为这又是一本暴露大家庭的黑暗的小说。然后她决定写另一个题材,一面写,一面修改,一共三易其稿,结果就是我们眼前的《怨女》。

在宋淇看来,与传统的小说相比,与张爱玲自己以前的小说相比,《怨女》都有其新特色:

> 张爱玲已经放弃了传统的"从头说起""平铺直叙"的讲故事的方法,虽然故事性仍然保留。她从一个女人自少女到老年的一生中选出其中几个特殊的时刻作为焦点来加以渲染,映射出她的性格,周围的环境,她的过去和未来。她并不故意挑选那些最戏剧性的时刻,因为她的写法并不是注重情节的戏剧写法。她利用感官上的反应——听觉、视觉、嗅觉、冷暖等等来呼唤出一种特殊的心境,特殊的气氛和心理状态,尽量做到旧时诗词中那种"情景交融"的境界。透过这些焦点,她令我们走入女主角的心灵深处。

宋淇最后提醒台湾读者，张爱玲小说营造的艺术世界是迷人的，但欣赏张爱玲有个适应过程，读者如有耐心，就定能登堂入室，领略风光无限：

> 张爱玲的《怨女》终于使小说走入了一个新的阶段。至于她的写作技巧是成功是失败，对目前写作的影响是好是坏，还有待时间来证明。如果以普通读小说的方法来读张爱玲的《怨女》，恐怕读者会觉得不耐烦和不习惯。希望读者运用一点耐性来接受它，由此证明《皇冠》杂志和张爱玲的尝试是有价值的。

显而易见，宋淇这是在为张爱玲正式进入台湾预热。虽然夏济安主编的台湾《文学杂志》早在1957年1月第1卷第5期就发表了张爱玲的《五四遗事》，然后又发表了夏志清的《张爱玲的短篇小说》，虽然当时台湾已出现了张爱玲作品盗印本，台南"艺升出版社"1959年10月就偷印过"张爱玲女士著"《倾城之恋》，但就总体而言，张爱玲的文学风采还未为台湾读者所领略。因此，张爱玲新作长篇《怨女》问世，自然值得评价和推荐。1968年，经张爱玲再次改定的《怨女》终于纳入皇冠张爱玲作品系列出版单行本，张爱玲与皇冠长达三十年的成功合作开始了。

2016年5月15日

邂逅毕奂午

不到半个月时间，接连得到毕奂午（1909—2000）两本诗文集：一为他的处女作《掘金记》，1936年7月上海文化生活出版社初版，是印数甚少的精装本；另一为《金雨集》，1988年6月武汉大学出版社初版，是《掘金记》和他的另一本《雨夕》的合集。毕奂午一辈子就出版了《掘金记》和《雨夕》两本小书。

已有研究者做过统计，国内近年来出版的数十种现代文学史著作中，毕奂午这个名字出现率为零。（张中良：《从毕奂午先生的一幅手迹谈起》）换言之，文学史家从不提他，仿佛对他的创作完全可以忽略不计。但是，当年《掘金记》被巴金选中，列入他主编的"文学丛刊"第二集。第二集共十六种作品，长短篇小说及散文十四种，剧本一种，诗集就只有毕奂午这本。其他十五位作者是靳以、萧军、沙汀、芦焚（师陀）、荒煤、周文、柏山、蒋牧良、欧阳山、陆蠡、丽尼、悄吟（萧红）、何其芳、李健吾和巴金自己，或多或少都已被现代文学史著录，有的早已是公认的现代文学大家或名家，只有毕奂午例外，至今默默无闻。

无独有偶，诗文集《雨夕》也是在巴金一手安排下才得以问世的。巴金在此书后记中透露，上海"八·一三"事变后毕奂午音讯全无,"我惦记着他"。《雨夕》"这集子本来应该在另一家书店出版,但八·一三使那书店停顿了。过后它的原稿就落到我的手里,而且在那黑色的书橱里度过了一年半的寂寞的时光。我不忍任作者的心血这样腐烂下去,便拿出来编在文季丛书里交给书店付印了"。《雨夕》于1939年7月列为"文季丛书"第五种,仍由文化生活出版社出版,可见巴金对毕奂午的赏识。难道巴金的判断有误?

巴金的文学眼光当然没有问题。《掘金记》刚出版,京派评论家李影心就在1936年8月30日《大公报·文艺》发表书评《掘金记》,给予高度评价:

> 我们缺乏那种气魄浓郁的好诗。两年前诗坛出现了臧克家,我们极感悦快;现在,《掘金记》的作者又重行燃起我们对气魄浓郁好诗的期望。这是光耀灿烂途程的展开。博大雄健与绵密蕴藉同为新诗开拓的广大天地,诗人尽可依据自身禀赋环境,跋涉任一适合自己脚步的路程……
>
> 我们不大清楚毕奂午先生在《掘金记》外是否另有诗作,不过仅读《掘金记》那一首诗,便可见出这位新进诗人奇拔的气魄,恰是歌唱了诗人自己进展前程的序曲。

李影心还对后来收入《雨夕》的毕奂午另一首诗《火烧的城》颇为推崇:"诗人的工力在此也无懈可击,除去第二节之缺乏变动的音律而外。全篇感情是那样一致和谐，我们读这首诗，犹如追随作者，步入于动乱的惨酷境界……"不仅李影心，当时以《画梦录》在文坛享有盛名的何其芳对毕奂午也另眼相看，他1938年在"成属联中"执教时所编的《新文学选读》中，就选入了毕奂午《春城》《村庄》两首诗，数量与闻一多、徐志摩等相等，仅次于卞之琳，而郭沫若只选了《地球，我的母亲》，戴望舒只选了《我的记忆》而已。何其芳认为毕奂午的诗"笔力粗强似甚于臧克家"。到了1940年代，闻一多编《现代诗钞》时《掘金记》也列入"待访"诗集，他以读不到毕奂午的诗为恨。

由此足以证明，文学史家不应遗忘毕奂午。

2016年5月22日

《新俄学生日记》

《新俄学生日记》，俄国N. 奥格尼奥夫（N. Ognyov）著，林语堂、张友松合译，1929年6月上海春潮书局初版，毛边本，列为林语堂主编的"现代读者丛书"第三种。

对这部日记体长篇小说的作者，林语堂在同年5月26日所作的序中说得很清楚："作者N. Ognyov虽然不是苏俄的文学泰斗，也是一位近代知名的作家。"《日记》作于1923年，通过伪托的学生利亚卓夫的日记，描写1923至1924学年三个学期的苏俄学校生活。"俄文本出现后大受作者本国及国外的欢迎"，有人甚至"觉得仿佛由苏俄得了可靠的新闻"。林语堂和张友松的中译本是根据英译本重译的。对《日记》的价值，林语堂在序中明确指出两点：

> 至于苏俄革命后新制度之影响于俄人日常生活及在俄人心理上所引起的反应自然无从捉摸，而要探讨苏俄平民灵魂中的秘要，更非赖文学家纤利的笔锋莫办。
>
> 我想这就是这本书的趣味——使我们能窥见苏俄日常生活之一部（学校生活）。但是在另一方面讲，我感觉这部《日记》也有它自身的趣味。它描写一位稚气未脱喜欢

捣乱而又未尝不可以有为的青年,也很值得一读。

据林语堂日记,他1929年4月15日"下午开始译《新俄学生日记》",一直译到22日。5月12日又"上午改《学生日记》"。5月15日、16日再"译《日记》"。5月17日"早友松来,约译《日记》下半",即第三学期的日记。5月21日至24日"译完《新俄学生日记》",当指此书第一、第二学期日记部分。25日"见张友松,《日记》稿交春潮"。6月11日"下午改友松《日记》稿",即张友松所译此书第三学期部分。6月28日"《新俄学生日记》出板"(版权页印"6月25日初版")。显然,虽然张友松参与了此书第三学期部分的翻译,但此书主要是林语堂翻译和校定的,他对这部小说的翻译自始至终都倾注了心血。

1920年代末起,上海成为新文学著译出版中心。除了北新、开明等已经有名的新文学出版机构,许多新的小出版社也应运而生,夏康农、张友松合办的春潮书局即为其中之一。以前鲁迅研究界一直说春潮得到鲁迅支持,这当然不错。鲁迅是《春潮》月刊主要撰稿人,还在春潮出版了译著《小彼得》(匈牙利至尔·妙伦著)。但春潮支持者中还有林语堂,也不能不提。林语堂不仅把女作家谢冰莹的成名作《从军日记》推荐给春潮出版单行本并为之作序,还亲自出马,主编"现代读者丛书"。这套为"现代读者"而译的文史丛书出版了四种,另三种为:《易卜生评传及其情书》,丹麦G. 布兰德斯(G. Brandes)著,林语堂译;《近代论坛》,英国G. L.

迪金逊（G. L. Dickinson）著，梁遇春译；《曼侬》，法国阿贝·普雷沃（Abbé Prévost）著，石民、张友松译。可见林语堂主编这套丛书的认真和投入。

当时正是毛边本风行一时的年代，所以《日记》也是毛边本，而且是书口与书根两面毛边的不折不扣的正宗毛边本。"现代读者丛书"其他三种也都是毛边本。

意想不到的是，林语堂和春潮的合作后来出现了问题，"现代读者丛书"无以为继。《新俄学生日记》出版两个月后，鲁迅和林语堂又在南云楼聚宴时"闹翻"。不久，出版了柔石《二月》、叶永蓁《小小十年》（均由鲁迅作序）等佳作的春潮书局停业。但鲁迅收藏了《新俄学生日记》，现在仍保存在北京鲁迅博物馆；而林语堂的《新俄学生日记》译序是他的集外文，为拙编《林语堂书话》（1998年7月浙江人民出版社版）所失收。

2016年5月29日

《练习曲》及其"陈序"

读陈世骧著、张晖编《中国文学的抒情传统：陈世骧古典文学论集》（2015年1月北京三联书店版），书之"辑四 人物透视"有史诚之1971年所作《桃李成蹊南山皓——悼陈世骧教授》，文中回忆陈世骧富有人情味，在美国文坛学界交游广阔时说："意大利有位诗翁，地位和年岁与魏翁（笔者注：指当时年逾八十的美国著名诗人魏乐克［John Hall Wheelock，今译作惠洛克］）相若，和世骧也是'忘年交'，但我一时记不起那位诗翁之名。"这引起了我的兴趣，这位"意大利诗翁"是谁呢？

"踏破铁鞋无觅处，得来全不费功夫。"日前承网友热情帮助，购得一册小巧的中文旧诗集《练习曲》，线装，是作者Leonardo Olschki（中文名奥斯基）在美自费印制分赠友好的，无印制年月，由此书"陈序"落款"陈世骧谨识于加州 一九五九年三月"推断，当印于1959年春。

西方古典音乐中有一常见曲式：练习曲（Etudes），肖邦的二十七首练习曲即钢琴音乐宝库中的精品。奥斯基为自己诗集起名"练习曲"，显然是谦逊地借用，言下之意，他写这些中文诗，只是学习、练习而已。《练习曲》卷首题词"给我的中国朋友们"，第一首仅十二个字:"请朋友 无讥笑 口虽吃 心实觉",都证明了这一点。综观整部诗集三十八首诗,有三言、四言、六言、七言和八言,但最多还是五言,形式如此多样,颇为有趣。

令我意外惊喜的是,《练习曲》之序竟出自陈世骧之手。陈世骧中文作品甚少,《中国文学的抒情传统》所收论文,用中文写的仅《中国诗之分析与鉴赏示例》等五篇,而英文写的有十三篇之多。因此,这篇"陈序"虽非正式论文,仍属难能可贵。既可补陈世骧中文作品之阙,而文中对奥斯基生平和学贯东西的学术成就的介绍颇为详细,又证实了奥斯基就是那位"意大利诗翁":

> 奥斯基先生本籍意国。生地威隆纳,为文艺复兴一代名都,古多义士情侠,莎翁恒咏其骏烈。先生居威尼斯及翡冷翠,复游学德法诸国,于欧西史哲,博洽贯通,尤精拉丁语系之文学。受聘德国海都伯及罗马大学,教授二十余年。著作发明,见于英德法西意五国文字,巨篇伟帙,言百万计。以一九三九年至美各地讲学,旋迁加州柏克莱城,就本州大学研究讲席,因卜居而家焉。其治学既以综融汇理为旨,所得互阐者,乃不局欧陆,亦渐向亚东。一九三八年有论文,即题《但丁与东方》。斯后述作,有关宗教、哲义、诗学、美术,常使欧亚互彰;名物、训诂,以至药典、工艺史之考据,亦求相映辉发。尤于马可波罗东游历程,研几钩沉,排比征信,实半生精力之所

萃，垂数十万言。去岁以意文行世，今年加州大学将出英文版，洵江河不废之作也，而先生始达七十三岁之高龄矣。予以一九四五年来加州执教，与先生见如旧识。

原来陈世骧与奥斯基不但是"忘年交"，而且有长期共事之雅。值得注意的是，陈世骧不但回顾了奥斯基年逾花甲学习中文和写诗及其诗作的基本特色，那就是"稍模古型，而字俱今读。惟立心诚而情境新旷，所感真而言皆己出"，而且还透露奥斯基尝试写中文诗，得到了张充和、李祁两位女史指导。张充和近年已经大名鼎鼎，不必再辞费，李祁是徐志摩学生，曾在《晨报副刊》和《新月》发表过诗文，后留学英国牛津，曾执教美、加多所大学。这些中西文学交流史实都是我们以前所不知道的。

2016年6月5日

《黄包车夫歌》

翻开一部中国现代文学史，反映人力车夫生活的作品真不少，且举荦荦大者：小说方面，有汪敬熙的《雪夜》、鲁迅的《一件小事》、郁达夫的《薄奠》和胡也频的《烟》等短篇，更有老舍的长篇《骆驼祥子》，《薄奠》和《骆驼祥子》已是公认的现代小说经典；新诗方面，则有胡适的《人力车夫》、徐志摩的《先生！先生！》等。五四提倡"劳工神圣"，出卖体力拉车载客、风里来雨里去的城市人力车夫成了新文学作家同情、怜悯和倾力描写的对象。

人力车原为二轮手拉，后在南方多改为三轮脚踏。人力车夫在北方一般被称为"洋车夫"，《骆驼祥子》开头就说"北平的洋车夫有许多派"，而在南方则多称为"黄包车夫"。日前从友人提供的《新诗歌》月刊创刊号上见到田汉的一首《黄包车夫歌》，值得一说。

《新诗歌》创刊于1947年2月15日，是《现代文摘》副刊，由薛汕、李凌、沙鸥三位编辑，上海联合编译社出版。创刊号分"诗"、"谣"和"歌曲"三部分，发表了穆木天、臧克家、王亚平、柳倩、李白凤、青勃、晏明、沙鸥等知名诗人的新作，发表了薛汕辑录的民谣《胜利灾》，还发表了端木蕻良、马凡陀（袁水拍）等作词的歌曲。田汉这首《黄包车夫歌》也是歌词，是电影《荣归故里》的插曲，董戈作曲。全曲歌词如下：

> 好个阿根哥，喜欢我唱歌。开一部三轮车，两足踏如梭。一个钱也不给，阿根莫奈何，赚不到银子，莫法子讨好老婆。（女）
> 好个小玲妹，生来喜唱歌。自从进纱厂，整天受折磨。一年头发白，两年皱纹多，三年出来，变成个老太婆。（男）
> 好个阿根哥，喜听我唱歌。送我到黄浦，两足踏如梭。月似镜新磨，银蛇走碧波，江山依旧，敌来可奈何。（女）
> 好个小玲妹，生来喜唱歌。关心国事，暗自蹙双蛾，鬼子赶走了。（男）
> 中国平和，那时候你我携手笑呵呵！（男女）

田汉是现代文学史上写作歌词的高手，他创作的电影插曲为数相当可观，1930年代左翼电影代表作《马路天使》《夜半歌声》的插曲都是他作词。特别应该提到的是，他为电影《风云儿女》所作的主题歌《义勇军进行曲》（聂耳作曲），后来被定为中华人民共和国国歌。除了"文革"时期，《义勇军进行曲》歌词一直是国歌歌词,至今仍是。

与胡适的《人力车夫》、徐志摩的《先生!先生!》一样,田汉的《黄包车夫歌》也是对话体,不同的是,《人力车夫》《先生!先生!》是车夫与乘车人的对话,而《黄包车夫歌》是车夫阿根哥与他意中人小玲妹的对话。这首歌词很口语化,运用方言又恰到好处,在田汉的歌词创作中独具一格,也为现代文学史上人力车夫系列作品增添了新篇章。

《黄包车夫歌》已收入《田汉全集》第十二卷(诗词卷,2000年12月花山文艺出版社版),但题目改为《三轮车夫歌》,字句也有好几处不同,这是应该加以说明的。

2016年6月12日

《风絮》

《风絮》是杨绛四部话剧创作的最后一部,前三部是《称心如意》《弄真成假》《游戏人间》,可惜《游戏人间》的剧本未存世。《风絮》剧本连载于1946年4月、5月上海《文艺复兴》第1卷第3期和第4期,其时钱锺书的《围城》也正在《文艺复兴》连载,夫妇俩的作品同时在同一刊物连载,在中国现代文学史上恐怕仅此一例。

1947年7月,《风絮》单行本由上海出版公司推出,列为"文艺复兴丛书第一辑"之一。这套文学丛书规格不低,第一辑还收入唐弢编《鲁迅全集补遗》、郑振铎散文集《蛰居散记》、师陀短篇小说集《果园城记》、柯灵和师陀合作剧本《夜店》、许广平散文集《遭难前后》等。当时除了《风絮》,这些集子大都再版。据白烨编《杨绛著译书目》,《风絮》1986年由《华人世界》"重新发表",但后来的《杨绛作品集》和《杨绛文集》均未收入。直到2014年8月人民文学出版社出版《杨绛全集》,《风絮》才首次编入。

《文艺复兴》第1卷第3期刊出《风絮》时,编者李健吾在《编余》中说:

> 从本期起，我们开始发表杨绛女士的《风絮》，她第一次在悲剧方面的尝试，犹如她在喜剧方面的超特成就，显示她的深湛而有修养的灵魂。

作为戏剧家和评论家，李健吾一直对杨绛的剧作评价很高。据杨绛回忆，她写剧本正是李健吾和陈麟瑞怂恿的。《称心如意》上演时，李健吾还亲自粉墨登场，扮演剧中富翁徐朗斋一角。（《〈称心如意〉序》）不过，评论界也有不同意见。当时刚崭露头角的剧评家麦耶（董乐山）就认为李健吾"把杨绛女士推崇为中国喜剧的第二道纪程碑（第一道是丁西林）"，"不免有过誉"。在他看来，《称心如意》"全剧缺少一个中心，只是以一个人物作为线索而连串了四个独幕剧而已。而《弄真成假》的缺点，则是它受悲剧的影响太深了"。（《〈弄真成假〉与喜剧的前途》）

《风絮》初刊时，编者注明是"四幕悲剧"。此剧写知识青年方景山携妻沈惠连到乡间创业，不料被诬入狱，经其友人唐叔远与沈共同营救始出狱。在此过程中，沈不知不觉钟情于唐，唐迫于朋友妻不可欺之古训而婉拒。方却经受不住爱妻移情别恋的打击，留下遗书欲走绝路。唐见到遗书，以为障碍已去而抱拥沈，沈却又陷入深深的自责。此时改变主意的方重新折回，三个人面对面摊牌。悲剧终于酿成，沈乘方、唐不备夺过手枪真的自尽，方、唐均陷入更大的痛苦之中。三个有作为的青年竟为情感所困而酿成一出悲剧，"一生太短了，不能够起个稿子，再修改一遍"（沈惠连语），这正是作者想要告诉读者的。尽管杨绛前三部剧作均被认为是喜剧，但麦耶曾提醒我们："我始终以为杨绛是一位悲剧作者……"（《〈游戏人间〉——人生的小讽刺》），读《风絮》应可相信此言不虚。

我所藏《风絮》初版本，是杨绛题赠宋淇夫妇的，前环衬左上角有杨绛毛笔题字："梯芬先生 文美夫人存正"，钤她常用的阳文名印。宋淇英文名Stephen C. Soong，中译宋悌芬，早期常用作笔名。钱宋均为饱学之士，钱杨夫妇与宋邝（文美）夫妇1940年代颇多交往，《风絮》问世，杨绛持赠宋淇夫妇，自在情理之中。只是不知此书何时流出远行北京，直到为我所得。

最后补充一句，杨绛创作的话剧只有《风絮》未曾搬上舞台，有导演愿意尝试吗？虽然作者已不及亲见了。

2016年6月19日

《达夫全集》

一般而言，作家或学者去世之后，盖棺论定，才编辑他的作品全集，像鲁迅，像胡适，像沈从文。但是现代文学史上有两个例外，郁达夫和冰心，生前就出版了"全集"，当然，"全集"都很不全。

且说郁达夫。他的《达夫全集》自1927年他三十一岁时开始出版第一卷《寒灰集》起，至1933年出版第七卷《断残集》后止，前后历时七年。之后他又出版了《屐痕处处》《闲书》《达夫日记集》《达夫短篇小说集》等，均不再属于《全集》系列，很有趣。

对于出版"全集"，郁达夫自有见解。他在1926年写的《达夫全集》自序中这样说：

> 自己的在过去浪费了的精神，不信有一点一滴可以永生。自己死了之后，那一层脸上的"永生的灵辉"，是决也希冀不到的。自己权且当作一个也是孤独的流人，对于过去的自己的孤独的尸骸，将他的死眼闭上，勉强使他装成一个瞑目而终的人，也许是目下的最有意义的一点工作，全集的编制，就发源于此了。

日前得见五种北新书局版《达夫全集》,各册版权页上的印数引起了我的注意,照录如下:

第一卷《寒灰集》:

创造社出版部:1927年6月1日初版,1—4000册;1928年6月1日再版,4001—7000册;1928年9月1日三版,7001—8000册。

北新书局:1928年11月1日四版,8001—11000册;1929年3月1日五版,11001—14000册;1930年9月1日六版,14001—17000册。

第三卷《过去集》:

开明书店:1927年11月15日初版,1929年2月1日四版,7001—9000册。

北新书局:1929年10月1日五版,1930年6月1日六版,12001—15000册。

第四卷《奇零集》:

开明书店:1928年3月1日初版,1929年2月1日三版,6001—8000册。

北新书局:1929年10月1日四版,1930年5月1日五版,11001—14000册。

第五卷《敝帚集》：

现代书局：1928年4月15日初版，1—3000册；1928年10月15日再版，3001—5000册。

北新书局：1929年9月15日三版，5001—8000册；1930年4月15日四版，8001—11000册。

第六卷《薇蕨集》：

北新书局：1930年12月初版，1—3000册。

这组印数显示，《达夫全集》的出版，经历了创造社出版部、开明书店、现代书局和北新书局四家出版社，最后花落北新。可惜第二卷《鸡肋集》未见，否则《达夫全集》前六种到1930年底的印数就完全一目了然了。不过，从这五卷《达夫全集》的印数已可清楚地看出郁达夫当年如何深受广大读者青睐，第一卷《寒灰集》短短三年多一点时间，印数就多达17000册，说他是新文学畅销书作家也不为过。

不妨把他与同一时期另一位新文学巨匠鲁迅作品的印数略做比较。比《达夫全集》第一卷《寒灰集》问世晚一个月，鲁迅在上海北新书局出版了散文诗集《野草》，至1930年5月也印行了六版，累计印数也是17000册，与《寒灰集》第六版所载的印数正好相同，可见《达夫全集》在当时受欢迎程度可与鲁迅比一比。

2016年6月26日

俞平伯评《隔膜》

《隔膜》是新文学先驱叶圣陶的第一部短篇小说集，也是现代文学史上继郁达夫《沉沦》之后的第二部短篇小说集，1922年3月由上海商务印书馆初版，列为"文学研究会丛书"之一。不久前笔者在友人处见到叶圣陶题赠"红学"名家俞平伯的《隔膜》，颇感惊喜。

叶圣陶和俞平伯都生于苏州，叶圣陶比俞平伯大六岁。两人何时订交？一般认为1918年就开始通信往还。可以肯定的是，1921年12月31日，叶圣陶在杭州与朱自清、许宝驹为俞平伯赴美留学送行，并留下了珍贵的合影，《叶圣陶年谱长编》（商金林撰著，2004年10月人民教育出版社版）和《俞平伯年谱》（孙玉蓉编纂，2001年1月天津人民出版社版）均有明确记载，但后来俞平伯因故未能成行。四个月后，俞平伯收到了叶圣陶寄赠的《隔膜》，叶圣陶在此书扉页右上角毛笔题字："呈平伯兄"。

俞平伯读了《隔膜》之后，大为感动，在《隔膜》前环衬用小楷端端正正写下了一首读后感：

无尽藏的泉源，

汹涌奔放地,委宛曲折地,
从人间底心里,
还流向人间底心里去。

无尽藏的泉源里底,
虽微尘似的一滴,
也是光,热,馨香底结晶,
是潜隐的悲哀和欢悦。

他下笔时,定把一串的泪珠和墨挥写了。
不然,这些是哪里来的?
且还像暴雨样的这么多,
伴我们读时底陶醉。

不辨胸中,是悲是悦?
不辨眼底,是冷是热?
他不惜自己底泪,惜所以使他流泪的;
我们也应当不惜我们底泪,只惜所以使他,我们时时
　　流泪的。

如全部的泪,返流向人间底心里,
一旦停止了泻浮,

> 凝成秋波的明媚。
> 这才使作者无恨于这书,
> 即使同时有赞扬和诽笑的声音。
>
> 《隔膜》书成,圣陶见赠,书此。
> 　　　　　　平伯　二二,四,十八,杭州。

这首读后感后收入佚名(俞平伯)《〈隔膜〉集书后》一文,刊于1922年4月21日上海《时事新报·文学旬刊》第35期,又以《〈隔膜〉书后》为题,编入俞平伯的第二部新诗集《西还》(1924年4月上海亚东图书馆初版),个别字和落款与其题于《隔膜》前环衬者有所不同。

有趣的是,在《隔膜》的封底,俞平伯又用毛笔写下了这样一段话:

> 从伊的声音里叫出一切弱者柔软的灵魂,一切被侮辱者心底的悲哀。
> 在《寒晓的琴歌》里的这句话,便是这书的定评。

这两句题跋是俞平伯写下整整九十四年后首次面世,虽然只有短短四十六个字。《寒晓的琴歌》正是《隔膜》中的一篇小说,俞平伯引用文中这句重要的话作为对这部小说集的"定评",可谓别出心裁，也是对《〈隔膜〉书后》诗的进一步发挥。

《隔膜》之后，叶圣陶每出一书，必赠俞平伯。目前所能见到的有：短篇小说集《线下》，1925年10月商务印书馆初版，列为"文学研究会丛书"之一，前环衬毛笔题字"呈 平伯兄 弟钧"并钤"圣陶"朱文印；短篇小说集《未厌集》，1929年6月商务印书馆初版，也列为"文学研究会丛书"之一，前环衬毛笔题字"平伯兄 存览 绍钧"并钤"圣陶"朱文印；长篇小说《倪焕之》，1929年8月上海开明书店初版精装本，前环衬毛笔题字"平伯兄 赐览 绍钧"并钤"叶绍钧"朱文印。由此可见两人情谊之深，也足可视为中国现代作家交往史上的佳话。

2016年7月3日

作家的篆刻

从网上购得一册《曹靖华》影集，这是翻译家曹靖华逝世十周年纪念集，1997年10月河南美术出版社出版。令我惊喜的是，扉页钤有两方印章，一方是阳文"曹靖华印"。此印大有来历，出自现代作家、学者闻一多之手，边款为：

三五年夏应 何林振华兄嫂属为 靖华先生制

一多 昆明

"何林"是文艺理论家李何林，民国"三五年"是1946年。闻一多该年夏应李何林夫妇之请篆刻这方曹靖华名印，该年7月15日，他就在昆明被暗杀了。因此，这方名印很可能是闻一多所治的最后或最后一批印章之一，弥足珍贵。

闻一多擅篆刻，早为人熟知，《闻一多全集》美术卷泰半篇幅是他所治的印拓。现代作家中，钱君匋治印也极有名，出过多种篆刻集，篆刻家的名气远远超过他作家的名气。但是，还有好几位作家也会篆刻，甚至刻得很好，却未必为人知晓。

首先是文学研究会发起人之一的叶圣陶。他青年时期学过篆刻，虽然后来不再操刀，但留下一册印存，集中所收大大小小四十六方印均为叶圣陶好友王伯群属刻，时在1917年。这册印存后由篆刻家曹辛之珍藏，在叶圣陶逝世五周年，也即1993年由华夏出版社以《叶圣陶篆刻》书名印行。此书钱君匋封面题字，叶圣陶另一好友俞平伯为之题字"圣翁篆痕"。叶圣陶1977年10月新写的序置于卷首，他对篆刻艺术的特点发表了自己的独到见解：

> 印之平面，大抵不盈方寸，为白为朱，罔非执刀雕凿，去所不需而存其所需，自非不为，为则童子犹能之。然局势之疏密，笔画之曲直，刀锋之劲弱，相去几微之间，而工拙悬殊，美丑彰然，故以艺事言，虽奏刀终身，未必定臻佳境也。

此外，还有一位李白凤，新旧诗皆能，先以新诗活跃于1930年代诗坛，作品曾得闻一多赏识，入选闻所编选的《现代诗钞》，录一首意象奇特的《梦》：

> 五百小梦的悲欢离合
> 一个大梦又团圆了
> 乃有理想的小号兵
> 吹不响一串高度的点名号——
> 暗室若有透明的珍珠

我将为你用五百首好诗

穿起一年的眼泪……

然而，抗战之后，李白凤转而对旧体诗和篆刻入迷，潜心研刻，所治印章为叶圣陶、茅盾、施蛰存、端木蕻良等所推崇，他虽在《李白凤印谱》之自序中认为，篆刻"技属小虫，推其极致，亦不过为文人清玩，聊供翰墨之助而已"，但还是浮沉印海四十余载，主张"吐故推陈入印坛"，"不负长江上下潮"（这两句诗均为李白凤自况，出自端木蕻良为《李白凤印谱》所作序的引文）。李白凤身后，有《李白凤印谱》（1983年5月中州书画社版）行世。

还必须提到的是"九叶诗人"曹辛之。他是多面手，写新诗、编杂志、做装帧，都极为出色，尤其篆刻在他那一代作家中出类拔萃。1988年8月，时代文艺出版社出版了他的《曲公印存》，钱君匋在序中高度评价了他的治印：

> 此卷为其治印偶存，诸作类多以金文入印，与晚清之黟山黄士陵牧甫所刻截然两途。牧甫以犀利错落胜，得力于刻辞；曲公以雍穆浑厚胜，出入于铸铭。牧甫所刻若体态婉约之少妇，复若女声之高音；曲公所作如力能扛鼎之壮夫，又如男声之低音。……二家途虽各殊，其调均高，环视以金文入印，其余诸家均不能逾越。

当然，现代作家擅篆刻者不止这几位，但"叶、闻、李、曹"四家的篆刻成就，足以证明那一代作家不但以新文学创作胜，对中国传统文化也浸淫甚深，今日许多舞文弄墨者无法望他们项背也。

2016年7月10日

谒曾园

曾园在江苏常熟市内，邻近翁府（清代"两朝帝师"翁同龢府第），与赵园（清代藏书家赵烈文府第）仅一墙之隔。我曾到常熟数次，就是未到曾园。日前又有常熟之行，这次终于如愿以偿了。

曾园原名虚廓园，是晚清小说家曾朴（字孟朴）的故宅。曾朴1872年3月1日出生在他父亲购建的这座曲桥流水绚丽多姿、亭台楼阁错落有致的院落里，1935年6月23日又在这座院里新建而今已不存的"红楼"内谢世。一位作家在自己的出生地告别人生，在20世纪中国文学史上，曾朴虽然不是绝无仅有的一位，因为还有一位翻译家朱生豪也是如此，毕竟是极为少见的。

曾朴前期的代表作是他以"东亚病夫"笔名于光绪三十一年（1905年）由上海小说林社出版的"历史小说"《孽海花》。这部以影射见长的长篇被文学史家列为"晚清四大谴责小说"之一，鲁迅的评价是"结构工巧，文采斐然"（《中国小说史略·清末之谴责小说》）。曾园里景色幽雅的"琼玉楼"，相传就是曾朴构思创作《孽海花》的地方。我站在这座两层的"琼玉楼"前，遥想一百多年前曾朴在此广集史料，呕心沥血创作《孽海花》的情景，不禁感慨万千。

近年来，由于与张爱玲的关系，《孽海花》引起了更广泛的注意。原来，《孽海花》中影射的李鸿章、张佩纶等晚清重臣，是张爱玲引为自豪的先辈。李鸿章是张的曾外祖父，张佩纶是张的祖父，而她也正是在小时偷读"新出的历史小说"《孽海花》才了解了自己的显赫家世。这个令张爱玲惊喜莫名的阅读经验，后来在回忆录《对照记》、长篇小说《小团圆》里一再写到过。她的名言"我没赶上看见他们（笔者注：指祖父祖母），所以跟他们的关系仅只是属于彼此，一种沉默的无条件的支持，看似无用，无效，却是我最需要的。他们只静静地躺在我的血液里，等我死的时候再死一次"（《对照记》），正是她阅读《孽海花》后的有感而发。巧的是，这次在曾园"碑廊"里竟然见到张佩纶在光绪戊寅年（1878年）为曾朴父亲曾之撰所作的《〈明瑟山庄课读图〉序》，足以证明张曾两家的交谊。《孽海花》应该和《红楼梦》《海上花列传》等一起归入对张爱玲颇具影响的中国古典和近代长篇小说系列。

如果曾朴只写了《孽海花》，那么他只能是中国近代文学名家。但他与时俱进，除了不断翻译法国文学，又在后期创作了白话长篇《鲁男子》，与其子曾虚白合作创办真美善书店和刊登新文学作品的《真美善》杂志，还使他在上海的住所成为海上有名的文学沙龙。郁达夫因此称誉他为"中国新旧文学交替时代的这一道大桥梁"（《记曾孟朴先生》，载1935年10月《越风》第1期）。曾朴逝世后，新旧文学家同声哀悼，林语堂编《宇宙风》出版纪念专辑，胡适为《曾孟朴先生纪念特刊》题字，均充分说明了这一点。且录

几副新旧文学家的挽联:

当世重先生籍甚声名尽识得湖海元龙东方仲马
不才惭后进感兹泡幻直哭到文人薄命志士投闲

——徐枕亚

憔悴卧江滨斯世谁为鲁男子
文章惊海内于公群称老少年

——包天笑

福楼拜曹雪芹肉灵一致鲁男子
傅彩云李苑客文采斐然孽海花

——赵景深

名下士无虚擅文章仕学兼优丕显哉远绍南丰遗绪
小说林有几真美善父子合作今去也共悼东亚病夫

——冯文炳

2016年7月17日

戴望舒的小说

戴望舒以新诗名，先以"雨巷诗人"声名远扬，后转向现代诗的探索，贡献良多，如果要列举20世纪中国诗坛十大新诗人，他入选恐无多大争议。除了新诗，他在散文创作、古典文学研究和文学翻译方面也卓有建树。1991年1月出版的《戴望舒全集》（王文彬等编，中国青年出版社版）共三卷，即诗歌卷、散文卷和小说卷。有趣的是，将近六十万字的小说卷，他自己创作的小说仅寥寥三篇，那就是1922年刊于《半月》的《债》《卖艺童子》，以及1923年刊于《星期》的《母爱》，其余均是他翻译的法国、西班牙、意大利和比利时等国的中短篇小说。

终戴望舒一生文字生涯，是否只写了三篇短篇小说？答案当然是否定的。全集出版五年后，就有研究者在1923年《兰友》旬刊上发现署名梦鸥生的短篇小说《牺牲》《国破后》。三年前，卢玮銮、郑树森主编的《沦陷时期香港文学作品选·叶灵凤戴望舒合集》（2013年6月香港天地图书公司版）出版，又发掘了戴望舒1945年间以尧若笔名在《香港日报》《华侨日报》等刊发表的《粗犷的华尔兹》《寻常的故事》《过旧居》《回家》《五月的寂寞》等短篇小说。干着苦力的机帆船押运工，被解雇而赌钱输光的职工，撑着油纸伞回旧居的破旧的"我",在舞厅跳"粗犷的华尔兹"的"白蝉花",夜总会里"丁香般的哀愁"的女子对"脚伙般的老板"的卖春,都市生活的形形色色一一出现在戴望舒笔端,既展示了战后香港生活的动荡,也折射出作者对社会不公的愤懑和对飘零小人物的悲悯。

如果说戴望舒这些后期短篇暗含"对精致的上海现代派之悼念"(黄念欣:《〈香港文学大系·小说卷二〉导言》),那么最近新"出土"的他的早期小说佚作《美人名马》《好家庭》则表现了青年戴望舒的爱国情怀和对理想婚姻的憧憬。《美人名马》刊于1922年《半月》第1卷第18期,署名戴梦鸥。这篇短篇用文言写成,文字绚丽,且录篇首如下:

> 秋色漫空,天高气爽,浮云舒卷。为灵鸟所烛,变幻奇丽,莫可逼视。时太行山麓大道上,蹄声得得,有大宛白驹载燕赵女郎逐影而来。女短装严束,冰绡抹额,雾系之衣,屏铅谢饰,英秀若仙。修眉雪压,星眸奕奕射人,素手执猎枪,臂驾健鹰,毛羽霜洁。厥骑亦神骏如龙,奔驰绝尘,而女郎控鞍殊自若。雪衣美人、护兰名马交相映辉,仪态万方,固不输法兰西女杰贞德也。

戴望舒属于五四新文学第二代,虽然比周氏兄弟和胡适这一辈晚,文言文的功底仍在,否则,恐怕他难以写出《美人名马》这样的文言小说。《美人名马》写"英爽靡伦"的赵燕飞与"玉树临风"的李宗广一见钟情,虽不脱郎才女貌、侠肝义胆的窠臼,却自有其曲折动人之处。尤其是小说将奇侠与恋情巧妙结合,将国族"大爱"与个人"小爱"融为一体,以一个"野心岛国竟侵神州,金瓯破缺"危难时期的爱情故事,凸现"'爱国'赋予了'爱情'以价值"(李朝平:《早期佚作中的戴望舒》)的新旨趣,从而与稍后的《牺牲》《国破后》等一起,形成了一个戴望舒早期的爱国小说创作系列。如何评价青年戴望舒这组作品,正是以往的戴望舒研究所忽略而今后的研究应予注意的。

2016年7月24日

现代作家与青岛

现代作家中写青岛的首推闻一多。闻一多1930年秋执教国立青岛大学文学院。不久,就写了一篇《青岛》,这是迄今所知闻一多唯一的抒情散文,颇为难得。且录第一段:

> 海船快到胶州湾时,远远望见一点青,在万顷的巨涛中浮沉;在右边崂山无数柱奇挺的怪峰,会使你忽然想起多少神仙的故事。进湾,先看见小青岛,就是先前浮沉在巨浪中的青点,离它几里远就是山东半岛最东的半岛——青岛。簇新的、整齐的楼屋,一座一座立在小小山坡上,笔直的柏油路伸展在两行梧桐树的中间,起伏在山冈上如一条蛇。谁信这个现成的海市蜃楼,一百年前还是个荒岛?

诗人的笔触无疑细腻而生动。闻一多在青岛还"花了四天工夫,旷了两堂课",创作了他自己"破了例","高兴、得意"的长诗《奇迹》(闻一多1930年12月10日致朱湘、饶孟侃函),徐志摩、胡适、梁实秋等一致叫好。

四年之后的盛夏，以旧体诗著称的郁达夫来到青岛。虽然只住了一个月又八天，对青岛也不吝赞词。他在《青岛、济南、北平、北戴河的巡游》中这样描述青岛：

> 从海道去青岛的人对她所得的最初印象，比无论哪一个港市，都要清新些，美丽些。香港没有她的复杂，广州不及她的洁净，上海比她欠清净，烟台比她更渺小，刘公岛我虽则还没有到过，但推想起来，总也不能够和青岛的整齐华美相比并的。以女人来比青岛，她像是一个大家的闺秀；以人种来说青岛，她像是一个在情热之中隐藏着身份的南欧美妇人。

郁达夫毕竟是浪漫派作家，对青岛的赞美充满热情。他以能到青岛避暑，和她"亲过吻，抱过腰"而欢喜。他还写了有名的七绝《青岛杂事诗》十首，咏颂"果然风景似江南"的青岛之余，鼓励青岛文坛同人"诸君珍重春秋笔，好记遗民井底心"。

与闻、郁相比，老舍对青岛印象不佳。1934年秋，老舍执教青岛国立山东大学中文系。一年以后，他写了《青岛与我》，以幽默的笔调宣称青岛最"时行"的海水浴、跳舞、唱戏、打牌、安无线电广播机等娱乐都与他无关，并调侃道：

> 干脆的说吧，我简直和青岛不发生关系，虽然是住在

这里。有钱的人来青岛,好。上青岛来结婚,妙。爱玩的人来青岛,行。对于我,它是片美丽的沙漠。

尽管如此,老舍在青岛三年,却是他创作的旺盛期,收获颇丰。短篇《断魂枪》、中篇《月牙儿》和《我这一辈子》等老舍小说中脍炙人口的名篇,都创作于青岛。更重要的是,老舍代表作《骆驼祥子》也创作于青岛。1936年夏,老舍辞去教职,专事写作。同年9月上海《宇宙风》第25期开始连载《骆驼祥子》,至翌年10月第48期刊毕。1939年3月,《骆驼祥子》单行本由上海人间书屋出版。这部长篇小说塑造了中国现代文学人力车夫形象系列中最为精彩的文学形象祥子,老舍自己也认为"这是一本最使我自己满意的作品"。(《我怎样写〈骆驼祥子〉》)

此外,萧红和萧军1934年6月也从东北来到青岛,小住近三个月。萧红在此完成了她的成名作《麦场》,也即后来在上海问世、轰动文坛的"奴隶丛书"之一《生死场》,"生死场"这个书名是胡风起的。

由此可见,研究中国现代文学史,不能不提到青岛。因为,闻一多、郁达夫、老舍和萧红等作家的重要作品都诞生于青岛。研究者往往不注意名著诞生之地,这不应该。

2016年8月1日

李健吾签名本

2016年8月17日是李健吾诞辰一百一十周年。在中国现代文学史上，李健吾是相当难得的重量级人物。他集戏剧家、小说家、散文家、文学评论家、外国文学研究家、翻译家和编辑家于一身，在这么多领域里都取得了骄人的成就。尤其是他以刘西渭笔名撰写的《咀华集》《咀华二集》，执京派文学批评的牛耳。为纪念李健吾一百一十岁诞辰而出版的《李健吾文集》（2016年5月北岳文艺出版社版）就分为戏剧、小说、散文和文论四大部分，共十一卷。翻阅这部文集，不禁想起我收藏的一本李健吾前期签名本。

这是李健吾翻译的《圣安东的诱惑》，福楼拜著，列为郑振铎主编的"世界文库"之一，1937年1月上海生活书店初版。李健吾与郑振铎是老搭档。抗战胜利后，在上海创刊的大型文学杂志《文艺复兴》，也是李健吾与郑振铎合编的，李健吾经手在《文艺复兴》上连载了巴金的《寒夜》和钱锺书的《围城》两部文学史上的名著。

"世界文库"印制考究。我这本《圣安东的诱惑》是甲种精装本，超大32开，凹凸花纹深紫红色漆布面装帧，书脊文字烫金，书中又配有作者肖像、手迹和吉瑞欧（P. Girieud，今译作吉里厄德）

的精美插图，庄重典雅，颇合"世界文学经典"的规格。此书前环衬反面右上角有李健吾的钢笔题字：

> 宣夫兄 存正　健吾 廿六年一月廿八日

有必要说明的是，李健吾的签名很有特色。"吾"字的最后一笔变成一条长长的线，穿行在具体的年月日之间，十分有趣。

"宣夫"是何人？当为秦宣夫（1906—1998），油画家、美术史论家。他毕业于清华大学外文系，与李健吾是同学。他又比李健吾早一年留学法国。1932年，他俩同赴伦敦参观英国皇家艺术学院主办的"法兰西艺术（1200—1900）大展"。此年，巴黎法国博物院主办"中国绘画展"，他俩又共同参加开幕式，并在会后合作撰写《巴黎中国绘画展览》，刊于1933年11月上海《文学》第1卷第5号。有必要补充一句，此文《李健吾文集》未收。李健吾与秦宣夫的交集如此之多，赠送《圣安东的诱惑》也就理所当然了。

《圣安东的诱惑》扉页左上角、书前译者所作《〈圣安东的诱惑〉提要》篇名页及正文第一页上又分别钤有"修之藏书印记"阳文藏书印各一方，可知此书曾经文史大家谷林收藏，也可见谷林对此书的喜爱。

《圣安东的诱惑》是法国作家福楼拜宗教题材的长篇小说，写作时间长达二十五年方始最后完成。正如李健吾在《福楼拜评传》中所说的："《圣安东的诱惑》其实是福楼拜自己的诱惑。"对福楼拜呕心沥血创作这部长篇的前前后后，李健吾在《福楼拜评传》和中译本跋里均有详细的评述。李健吾是中国研究福楼拜的权威，第一部中文《福楼拜评传》（1935年12月商务印书馆初版）即出自他之手。《圣安东的诱惑》是他翻译的第一部福楼拜长篇，后来他又翻译了长篇《情感教育》和《包法利夫人》，都是用心译的，而以《包法利夫人》最为脍炙人口。

随着时光的流逝，现代作家1949年以前的签名本虽然还不能说凤毛麟角，但已越来越少见，见证着李健吾与秦宣夫友谊的这本《圣安东的诱惑》是很可珍视的。

2016年8月7日

徐志摩纪念馆

2016年8月9日,徐志摩纪念馆在杭州诞生。

徐志摩是中国现代诗人,以他的诗、以他创办的新月社和他主编的《新月》杂志而名扬海内外。奇怪的是,他的故乡浙江海宁、与他关系密切的北京和上海,均无他的纪念馆,反而是他短暂攻读大学的天津立起了他的雕像,他飞机失事的济南设立了他的研究会。而今,他的第一个纪念馆终于在他中学求学地杭州落成。

由企业家罗烈洪先生创立的徐志摩纪念馆陈列徐志摩生平、著作(包括各种早期版本)和各个不同历史时期的留影,既可供徐志摩爱好者欣赏,更可供徐志摩研究者参考。其中不乏稀见资料。徐志摩发起的国际笔会中国分会,1930年11月16日在上海成立,我只在《时事新报》上查到了相关报导,而纪念馆首次公开陈列当时《申报图画周刊》刊登的一幅颇有历史意义的成立会照片,胡适端坐长方桌一头,徐志摩、邵洵美等坐在两侧,弥足珍贵。他们三位都是国际笔会中国分会的发起人。

纪念馆还首次公开陈列徐志摩"飞去"后,社会各界像雪片般发给胡适的电报。陆小曼1930年11月20日下午2时35分的电文为:"志摩到否?乞复。曼。"陈小蝶11月20日下午4时30分的电文为:

"徐志摩无恙否？电示华龙别业陈小蝶。"张歆海11月20日下午6时45分的电文为："北平景山米粮库胡同四号胡适：志摩不在，昨天济南飞机失事，生活中最让人难过的消息，罗莎琳德 歆海。"杨振声11月20日的电文为："得济电称，志摩早八在党家庄□礁身故，请通知其家。声。"邵洵美11月21日中午12时50分的电文为："转胡，志摩罹难，国人悲恸。小曼将来，当共善后。美。"张慰慈等11月22日下午4时10分的电文为："胡适，摩体尚完整，昨晚已殓，今晚九时南运，有安□、从文在此。禹九今晚到。成、慈、若。"当时沈从文、梁思成等都赶到济南，满怀悲痛参与徐志摩罹难的善后工作。

徐志摩纪念馆开张之际，徐志摩老师梁启超书赠他的一副集宋人词长联和有胡适、杨铨、邓以蛰等多家题跋的陆小曼所绘《山水长卷》，也正好在浙江省博物馆武林分馆展出。这两件珍贵的字画，陆小曼1965年临终时郑重交付陈从周，陈从周后捐赠浙江省博物馆，得以躲过十年浩劫而幸存。尤其《山水长卷》，当年徐志摩随身携带上机，因外盒牢固而奇迹般完好无损，正如陈从周晚年所感叹的："历劫之物，良足念也。"这也是浙江省博物馆入藏这两件珍品整整半个世纪后首次公开展出。

梁启超所书长联全文如下：

临流可奈清癯，第四桥边，呼棹过环碧；
吴梦窗《高阳台》 姜白石《点绛唇》 陈西麓《秋霁》

此意平生飞动,海棠影下,吹笛到天明。

辛稼轩《西江月》 洪平斋《眼儿媚》 陈简斋《临江仙》

集宋词制楹帖,此颇隽逸,写似志摩,想见陪竺震旦泛西湖及法源寺丁香树下一夜也。

甲子七月既望,启超作于北海松馆

甲子当指1924年,那年春泰戈尔首次访华。此联朱丝格北魏体,不仅书写工整,而且上下联每句出处也一一注明,又与徐志摩陪泰戈尔游览西湖和曾在北京法源寺丁香树下吟诗一夜的"今典"相切合,所以梁启超自己颇为看重,他曾表示,"我所集最得意的是赠徐志摩一联","此联极能表出志摩的性格,还带着记他的故事"。(《〈饮冰室诗话〉附录·苦痛中的小玩意儿》)

徐志摩纪念馆的地址是杭州上塘路97号大院内。

2016年8月14日

徐志摩的全集

徐志摩大概是出版全集最多的中国现代作家,全集种数已经超过了鲁迅(至2005年止,《鲁迅全集》才出版了四种)。1969年,也即他飞机罹难三十八年之后,第一种《徐志摩全集》由台北传记文学出版社出版,共六卷,蒋复璁、梁实秋主编,并得到了其前妻张幼仪的支持。

十四年之后,新的《徐志摩全集》由香港商务印书馆印行,共五卷。其实这是最早编竣的《徐志摩全集》,由其夫人陆小曼主其事。遗憾的是,全集清样打出后迟迟未能付梓,后清样和纸型交还陆小曼。陆小曼1965年逝世前托付《徐志摩年谱》编撰者陈从周,陈从周将它们捐赠北京图书馆,得以保存,改革开放之后才由香港商务印书馆印刷。1988年起,香港商务又出版了陆耀东、吴宏聪等编订的《徐志摩全集补编》四卷。商务版《徐志摩全集》和补编又有内地上海书店引进版。

第三种《徐志摩全集》由赵遐秋、曾庆瑞、潘百生合编,共五卷,1991年广西民族出版社出版。

第四种《徐志摩全集》由《徐志摩传》作者韩石山编订,共八卷,2005年天津人民出版社出版。

最新一种《徐志摩全集》由长期从事徐志摩作品搜集整理工作的顾永棣编订，共六卷，2015年浙江人民出版社出版。

每种新出的徐志摩全集均对前编有所增补，韩编和顾编全集是迄今为止搜集最为齐全的《徐志摩全集》。改革开放以来陆续发现的许多徐志摩集外诗文，尤其是历经战火得以奇迹般幸存的徐志摩早期日记《府中日记》《留美日记》，均已编入，从而为更为全面地研究和评价徐志摩，提供了新的可能。

虽然徐志摩只有短短二十余年文字生涯，他的著译却十分丰富。在上述五种《徐志摩全集》相继问世前后，还有不少徐志摩集外诗文尽管已经发现，却由于各种原因，至今未能编入全集。其中，包括原名徐章垿的徐志摩最早以徐志摩笔名在他就读的上海沪江大学校刊《天籁报》发表的文言文《祀孔纪盛》《记骆何堃全谊事》等，以及仍用徐章垿本名发表的文言文《渔樵问答》《论臧榖亡羊事》《说发篇一》《贪夫殉财烈士殉名论》等，时在1916年；包括他在《政治学报》第1卷第2期发表的长文《社会主义之沿革及其影响》和书评《乐土康庄》《自由国家之社会》，时在1920年；还包括他致刘海粟、江绍原、丁文江和《致〈罗宾汉〉主撰》等佚简，时在1925年至1929年间。我考订的徐志摩1923年5月18日在北京《晨报》第六版发表的欢迎奥地利小提琴家克赖斯勒（F. Kreisler）的《为什么不？》，也未能编入。

按照《鲁迅全集》编辑体例，不仅书信、日记应该编入全集，题词之类也应编入全集。那么，徐志摩的题词也应编入他的全集而未编入。且举一例，徐志摩1925年自费印行他的第一本诗集《志摩的诗》，交中华书局代售。此书线装，以至出版后引起新文学界一场争论，姑且按下不表。有意思的是，此书题词页印有"献给爸爸"四字，现藏于上海图书馆的一册题词页反面，又有徐志摩的毛笔题词：

> 幼仪，这小集，是我这几年飘泊生涯的一帖子果实，怕没有熟透，小心损齿！
>
> 志摩 九月上海

这段题词可题为《题〈志摩的诗〉赠张幼仪》。当时徐志摩与张幼仪早已离异，但这段话何等生动有趣，徐志摩的天真坦率充溢字里行间，全集如不收这样的文字，岂不可惜？由此可见，编纂一部收录更为完备的徐志摩全集仍任重道远。

2016年8月21日

现代作家与藏书票

追溯中国现代作家与藏书票的关系，是件有趣的事。

最早使用藏书票的中国作家是戏剧家宋春舫。宋春舫创作话剧，也收藏中外剧本。他以法国戏剧大师高乃依（Corneille）、莫里哀（Molière）和拉辛（Racine）名前缀音节组成的褐木庐（Cormora）藏书票，开中国作家藏书票图案中西结合的先河。

宋春舫使用褐木庐藏书票始于1920年代，但外界并不知晓。中国读者领略从西方传入的藏书票这种"纸上宝石"的风采，则要到1930年代初。1933年12月，施蛰存主编的上海《现代》第4卷第2期发表了散文家叶灵凤的《藏书票之话》，这是中国作家首次讨论藏书票的重要文献，正如叶灵凤在文末所指出的："关于藏书票的介绍，这大约是第一篇文字。"此文分"所谓藏书票"、"藏书票小史"、"藏书票的制作"和"余话"四个部分，叶灵凤强调："藏书票的本身，正和印章的镌刻一样，另有着它自身的艺术上的趣味。"

同期《现代》刊登了叶灵凤提供的英、法、德、美、日各国的各种藏书票，使当时的读者大开眼界。还刊登了叶灵凤自己制作的一款凤凰藏书票，藏书票上的名字是"灵凤藏书 L. F. Yen"。他后来在《藏书票与我》（载1962年9月13日香港《新晚报》）中这样回忆：

> 至于我自己，确是设计过一张藏书票，采用的是汉砖上的图案，是一只凤，我将它加工，变得更繁复一点，又采用汉碑上的一些碑阴花纹作边框。红字黑花，印了几千张。试贴了几本书……

然而，《现代》何以突然发表叶灵凤的《藏书票之话》？谜底直到八十二年之后才揭晓。去年作家傅彦长（1891—1961）的日记陆续公开，1933年8月9日日记云：

> 在叶灵凤寓所，阅Ex Libris，同在一室者有巴金、林徽音、施蛰存、杜衡。（《傅彦长日记》整理者张伟提供）

Ex Libris是拉丁文"藏书"之意，后成为藏书票的通用标志。这真是一段十分难得的记载。从中得知，那天巴金、林徽音、施蛰存、杜衡和傅彦长五位作家到叶灵凤寓所观赏他收藏的各国藏书票。巴、林、杜、傅的观后感不得而知，至少施蛰存对藏书票产生了浓厚的兴趣。他一定因此向叶灵凤约稿，四个月后，《现代》上就出现了这篇《藏书票之话》。

施蛰存也成了藏书票爱好者，开始设计自己的藏书票。目前所能见到的施蛰存藏书票有三种：一种是"EX LIBRIS C. Z. SZE 施蛰存无相庵藏书之券 1945—1948"，图案是西方常见的纹饰与书本，古色古香；另两种是他晚年使用的"施蛰存藏书"和"北山楼藏书"藏书票，图案均借用美国版画家肯特的不同的力士与树图，前者又分为红色和黑色两款，颇为别致。

还有一款曹辛之的"蛇与书与笔"藏书票也很有名，四川版画家陈世五1980年代初设计。曹辛之生肖蛇，是诗人、书籍装帧家和篆刻家。于是陈世五匠心独运，藏书票的图案由蛇、书、钢笔、画笔等组成，构图巧妙而自然，又与票主的身份完全切合，堪称作家藏书票中的上乘之作，难怪曹辛之特别喜爱。

日前得到一册1978年柏林出版的德文本《蒙古人民神话》，内容姑且不论，令人惊喜的是书中粘贴了两款藏书票。一为封二所粘，钤有"赵瑞蕻藏书"阳文印并与夜幕下的星星和小天使组成图案的藏书票，另一为前环衬所粘，钤有"赵瑞蕻藏书印"阴文印并与飞翔的海鸥、在海边歌唱的诗人和票主侧面像组成图案的藏书票。原来这是诗人、翻译家赵瑞蕻的藏书票。以前只见过后者，没想到票主会在同一本书上使用两款中西结合而又内容迥异的藏书票，还是出版家范用说得好："票如其人。一张藏书票包含如许内容、思想、情操、追求，令人神驰，堪可玩味。"（《"漂亮的小玩意儿"——〈我的藏书票之旅〉代序》）

2016年8月28日

《现代中国文学研究书目》

日前得到一本1948年10月第5卷第6期上海《文潮月刊》。这期《文潮》发表了赵燕声的长文《现代中国文学研究书目》（以下简称《书目》）。

赵燕声这个名字，不要说一般读者陌生，专门从事中国现代文学史研究的恐也知者寥寥。迄今为止，除了北京《新文学史料》发表过关于他的一些评介外，最早是唐弢在他的《〈鲁迅论集〉序》中写到他。唐弢在讨论法国神父善秉仁（Jos. Schyns）主编的《一千五百种现代中国小说和戏剧》时，提到了赵燕声：

> 这部书分三个部分……第二部分是已故赵燕声的《作家小传》……《作家小传》篇幅略长，纠正了王哲甫在《中国新文学运动史》里的一些舛错，虽然离完美的境地还很远，却确是一点一滴，由个人摸索出来的这一方面的最初的成绩，我见到一种抽印本，却似乎没有单独出版过。……赵燕声为了编写作家小传，早已和我通信了；一九四四年因鲁迅藏书出售事我到当时的北平，我们还见了面，《帝城十日》十月二十日记的"晨，赵××

来，谈有顷。"赵××就是他。我托他找过关于鲁迅的材料。后来介绍我和现任美国密西根大学教授哈雷特·密尔斯（Harriet Mills）相见的也是他。

由此可知，唐弢与赵燕声1944年就在北平结识，还得到过赵燕声的帮助。唐弢对赵燕声的研究工作评价不低，肯定赵燕声编撰的中国新文学《作家小传》。赵燕声不但以个人之力编撰了《作家小传》，对新文学目录学也有浓厚的兴趣，正如他自己在《书目》前言中所说：

> 赵景深先生是中国新文学的目录学者，他曾开过一个《现代中国文学研究书目》登在《上海文化》第十二期（三十六年一月号），对于留心新文学的人，用处很大。我个人对于这方面也非常感觉兴趣，平日很注意这一类的书籍，因此颇买到过，或看到过，听到过一些种该目内所没有的书。《上海文化》自第十二期起就停刊了，所以该书目现在已经不太容易找到；这里我就把赵先生所开的书目，连同我所增补的，一并分类写在后面，也许检查起来，较为便利。凡是赵先生原目内所列的书，都加上"见赵目"三个字。

如果说赵景深的《书目》只是初创，那么赵燕声的《书目》

就后来居上了，体例较为完备，搜集也较为齐全。他的《书目》分"总史"、"会社史料"、"文学论争"、"文艺论文集"、"作家合论"、"作家分论"、"作家合传"、"作家分传"、"创作经验"、"作家印象"、"作家书信"、"作家日记"、"诗歌研究"、"戏剧研究"、"小说研究"、"散文研究"、"书评合集"、"新文艺目录学"、"作家笔名录"、"文艺年鉴"、"杂志论文索引"、"文艺书刊出版史"、"西方现代中国文学研究书籍"、"现代中国文学作品西文译本"及"日文现代中国文学研究书籍"等廿五个门类，蔚为大观。值得注意的是，赵燕声有时对入选之书还略加评点。对《胡适留学日记》，他认为"其中所收关于新文学运动酝酿期的史料颇多"；对李何林编《中国文艺论战》，他指出"关于'革命文学'的论争文字当以这书选的最精当"；对陈梦家编《新月诗选》，他强调此书为"研究'新月'诗歌之要籍"等。总之，《书目》不但证实赵燕声是中国新文学目录学的先行者，也体现了他的文学史家的眼光。

遗憾的是，对赵燕声的生平，我们所知太少。唐弢1984年写到他时说他"已故"，他生于何年，卒于何年，1949年以后的经历又如何？岁月的流逝似乎快要把赵燕声这个名字完全抹去了，应该提醒新文学研究者和爱好者记住他。

2016年9月4日

皇冠版《流言》的装帧

在张爱玲逝世二十一周年前夕，我得到了一本她亲自设计装帧的台湾皇冠出版社版散文集《流言》。

也许读者会感到奇怪。张爱玲为上海版中短篇小说集《传奇》设计了三个装帧，初版本封面是她独自设计，再版本和增订本封面是与好友炎樱合作设计，也为上海版《流言》设计了封面，这早已为张爱玲研究界所共知。但她又为台湾版《流言》设计了装帧？至今无人提及。

张爱玲作品正式进入台湾是1968年。根据版权页显示：第一批两种，即《秧歌》和《流言》，出版时间均为1968年6月；第二批也是两种，即《张爱玲短篇小说集》（《传奇》增订本改名）和《怨女》，出版时间均为同年7月。这是现在所知的张爱玲作品最早的四种台湾版，封面设计均由夏祖明担任，四种书前勒口均印有"封面设计 夏祖明"字样。夏祖明显然认真读过张爱玲小说，对张爱玲小说中的月亮意象印象深刻，所以这四种书的封面均出现了皎洁的大月亮，或在树梢，或在田野上，而《流言》初版本封面是安谧的夜晚，天空出现了一轮明月，使读者仿佛有身临其境之感。

那么，既然《流言》台湾皇冠初版封面由夏祖明设计，何时又改由张爱玲自己设计封面了呢？要回答这个问题，首先得弄明白张爱玲何时开始为皇冠设计自己作品的封面。上述四种作品集出版之后，台湾皇冠1969年推出的第五种张爱玲作品是长篇《半生缘》，装帧从封面到封底，由男女主人公半身像组成一个别致的图案，但设计者不明。

1976年3月，张爱玲小说散文集《张看》由香港文化·生活出版社初版，装帧由张爱玲亲自设计，前勒口印上了"封面设计 张爱玲"字样。封面图案由橘黄和粉红两色组成，书名竖排近书口，作者名为张爱玲签名式，而书名和作者名右侧上下贯穿一黑长条，内有一只眼睛，正暗合作者"张看"之意。同年5月，经宋淇安排，《张看》马上由皇冠推出台湾初版，装帧完全沿用香港初版的设计。也就是说，台湾初版《张看》的装帧是张爱玲本人设计的，时在1976年5月。

一年多之后，1977年8月，张爱玲唯一的学术著作《红楼梦魇》由台湾皇冠推出，前勒口在"张爱玲的作品"目录之上，还有两行字："封面设计 张爱玲"。这就明确无误地告诉我们，张爱玲为台湾皇冠设计封面的自己第二部作品是《红楼梦魇》。该书封面在深绿底色之上，纵横交错排列着大大小小七个京剧脸谱。京剧是中国的京剧，《红楼梦》是中国古典文学中最伟大的小说，张爱玲的封面设计勾连两者，可谓独出机杼。

除了皇冠的《张看》和《红楼梦魇》两本初版本的封面是张爱玲自己设计的之外，她还为《流言》1977年6月这一版设计了装帧，这一版《流言》前勒口清清楚楚地印着"封面设计 张爱玲"。这个《流言》新装帧令人耳目一新，只有天蓝和嫩绿两种色彩，天蓝为底色，嫩绿泼墨般撒在其上，巧妙地组成封面封底互为颠倒的画面。在笔者看来，这是张爱玲设计的数个小说散文评论集装帧中最为抽象，也最为别致的。此后，《流言》1978年6月版和1979年6月版也都采用了她设计的这个颇有意思的装帧，只是封面封底图案色彩略有浓淡而已。

在中国现代作家中，除了鲁迅，为自己作品设计装帧最多的是张爱玲。

2016年9月11日

卢冀野遗著《灯尾草》

日前得到卢冀野遗著《灯尾草》书稿,欣喜之余,撰此小文略做介绍。

卢冀野(1905—1951),名卢前,字冀野,别号饮虹,别署江南才子、饮虹簃主人等。他毕业于南京市东南大学,是曲学大师吴梅高足。他有诗人、散曲家、剧作家、文学和戏剧史论家、掌故家等多重文化身份,诗人又兼擅新诗和旧诗词。我最初得知卢前大名,就是从他的新诗集《春雨》《绿帘》开始。他强调诗无论新旧,应以"赏心悦目"为追求目标,把旧诗词的许多抒情元素融入新诗之中,别具一格。

十年前,北京中华书局出版了四卷本《冀野文钞》,即《卢前笔记杂钞》、《卢前文史论稿》、《卢前曲学四种》和《卢前诗词曲选》。作者生前友好张充和、杨宪益为《文钞》写了序,对他各方面的文学成就评价颇高。然而,《灯尾草》并未包括在内。

《灯尾草》是卢冀野生前自己编定的书稿。书稿原收藏者、两个月前刚刚去世的文学史家常君实在《灯尾草》封面有如下题词:

> 这是卢冀野于一九四六年编选的一部杂文集,没有出

过版。序没有发表过。序文是卢冀野的手稿。

不但《灯尾草》自序毛笔手稿没有发表过，书稿中还有作者多处红笔和黑笔修改增补。先把书稿目录胪列如下，目录两页也是作者毛笔亲笔：《歌谣的搜求与拟作》《招子庸的"粤讴"》《说"争奇"》《贯云石事辑》《范兴荣的〈啖影集〉》《懒道人的〈剿闯小史〉》《李自成翠微父女文学》《马士英词》《松井劣诗》《八个字的商量》《诗是不是人人能学？》《我怎样写〈中兴鼓吹〉的？》《散曲该怎样学？》《谈谈〈西厢记〉》《〈儒林外史〉中所见之南京》《上官周笔下的人物》《乐王陈铎 诗窟去来》《文坛散策（十一则）》。

再把从未发表过的作者自序照录如下：

> 我平日写的杂文，都是随写随丢掉。有时偶然想找出来看看，十九多已找不着了。常君实君要我编一本杂文集，我答应了下来，打算先写一个月，然后从各刊物去搜寻；因为正在"还都"，大家都是在迁移中，那些刊物一时没法寻得。于是，我改变了计划，将近一两年来所写关于文学的随笔，凑集成一小册子，这便是《灯尾草》的由来。
>
> 这儿长长短短，一共十八题，二十八篇。谈体裁包括歌谣，争奇，小说，戏曲，和绘画谈，游记；谈时代有涉

及元代以前的《贯云石事辑》一篇是传记的资料,《谈谈〈西厢记〉》是一篇座谈会的记录,谈诗词散曲作法的又有四篇;内容够上说是"芜杂"的了。

何以题名《灯尾草》呢?以往我度的是粉笔生活,至于夜生活还是今年才开始的。集中大部分稿子都是在灯尾草创而成的。题这个名称,也算得一种纪念,同时表明这一些文字的来源,此名可为实录,并没有别的用意。

这些文字,除发表在南京《中央日报·泱泱副刊》外,有的见于重庆《时事新报》的《学灯》,有的见于重庆《新民晚报》;其余分在《南风》《中国文学》《采风周刊》上发表过。也有的为印单行本而改写的。

多谢君实的好意,不然这些文字也随以往的杂文一样的丢掉了。假使此集有相当的收效,此后继《灯尾草》而印行的集子一定很多。编定《灯尾草》时,我姑且作如是想。

卢冀野

三十五年,五月,三十日,

在南京中央日报社灯下。

原来《灯尾草》是常君实约请卢冀野编选。自序写满两页"南京中央日报稿纸",但稿纸上方"南京中央日报稿纸"这一行字已被常君实用白纸条贴没,其历史原因可想而知。而今,不仅卢冀野已离世整整六十五年,约稿人常君实也走了,作者的遗愿仍未实现。希望这部作于抗战胜利前后的卢冀野文史杂文集有机会与读者见面。

2016年9月18日

傅雷致刘太格函

2016年是翻译家傅雷逝世五十周年，国内颇多纪念活动。下个月上海将举行《傅雷著译全书》首发式和"赤子的世界"国际论坛。我一直认为，对一位已故作家最好的纪念，就是搜集、整理、出版和研究他的作品，所谓"书比人长寿"是也。

以傅雷书信的搜集和整理来说吧。2002年12月辽宁教育出版社出版皇皇二十卷本《傅雷全集》，第十九卷是家书卷，收入傅雷1954年1月至1966年8月间致儿子傅聪和傅敏的书信共一百七十五通，其中二十二通为英、法文函。这比1981年8月北京三联书店首次出版的《傅雷家书》总共只收一百二十七通，增加了将近三分之一。到了2006年9月，当代世界出版社出版的《傅雷文集》书信卷，所收傅雷致两位儿子的信共一百七十七通，这是因为英、法文函增加了两通的缘故。到了2014年5月，为纪念傅雷冥诞一百零五周年，江苏文艺出版社新出的《傅雷家书全编》又有了较大的突破，收入傅雷家书中文函二百三十通，英、法文函二十六通，加上傅雷夫妇的"遗书"，总共二百五十七通，远远超过了全集所收，不能不令人欣喜。

然而，与傅雷家书的不断增添相比，傅雷致友人和机构书信的搜集，虽还不能说举步维艰，却是收获甚微。辽宁教育社版《傅雷全集》第二十卷是书信卷，共收入致吴宓、黄宾虹、夏衍、柯灵、楼适夷、周扬、宋奇、周煦良和致人民出版社等机构，以及致罗曼·罗兰、美国耶鲁大学音乐院院长布鲁斯·西蒙兹（Bruce Simonds）、波兰钢琴教育家杰维茨基（Zbigniew Drzewiecki）、梅纽因（Yehudi Menuhin）等外国友人的信共二百六十五通，当代世界出版社版《傅雷文集》书信卷仅增加了致陈叔通、朱介凡、朱人秀（遗书）各一通，致巴金两通而已。如果加上我前年发现的傅雷1947年2月3日致上海特别市社会局拟创办《世界文学》函，目前所知傅雷致友人和机构函总共才二百七十一通。因此，傅雷致刘太格两通佚函的重见天日，实在是意义重大。

刘太格是傅雷友好刘抗之子。刘抗与傅雷一同留法，一同执教上海美专，友情甚笃。1960年代起，居住新加坡的刘抗与傅雷恢复通信，现存傅雷致刘抗函就有二十二通之多。刘太格1960年代负笈澳洲，攻读建筑设计专业，为撰写毕业论文，就关于中国传统建筑的原则和理论等问题，通过其父致信傅雷请教。刘太格真是问对了人，傅雷不但对文学、绘画、音乐的见解自成一家，对建筑同样颇具卓识。他在1962年4月28日的回信中表示："建筑既非模仿实物之艺术，与民族天赋之幻想种类及倾向关系自更密切。但与社会发展之迟速，科学工艺之盛衰，尤其经济生活之演变，自然条件（如山川河流之分布，平原与陵谷池沼之面积比例，土石砖木之生产条件等）之限制，关系也不为不小。"他认为"中土建筑往往予人以平静、博大、明朗,与环境融和一片之感,既不若西欧中世纪哥德式建筑之荒诞怪异,又不若古希腊庙堂之典雅华瞻,又绝非幻想气息特浓,神秘意味极重之印度建筑风格。反言之,在形式之变化,富丽,线条之复杂方面,吾国建筑均不及希腊,印度"。在同年9月10日致刘太格信中,傅雷又对中国园林发表了自己的独到看法。他强调就园林而言,"英国人追求原始朴素之自然",少用人工整理,"纯是浪漫派的意境";"法国人追求整齐堂皇,竭尽人工,纯是古典派的理想;中国人则是走的中间路线,以极端的野趣与高度的人工结合为一:一方面保持自然界的萧散放逸之美,一方面发挥巧夺天工的艺术之美"。傅雷这一系列关于中国传统建筑的看法,连同他在信中的一丝不苟,循循善诱,至今仍足资启迪。

上海《收获》双月刊2016年第5期披露了傅雷致刘太格的这两通佚简,以及刘太格的回忆文字。这是近年傅雷书信发掘的可喜收获,期待还会有新的发现。

2016年9月25日

《红豆簃剩稿》

日前从网上觅得新加坡郑子瑜著《红豆簃剩稿》，知堂郑子瑜交往史上的一个疑团终于找到了答案。

两年前，北京匡时拍卖公司拍卖知堂致郑子瑜的八十余通信札，笔者应邀出席拍卖前的研讨会，并做了题为"《知堂杂诗抄》出版始末"的发言，发言稿已收入拙著《双子星座：管窥鲁迅与周作人》（2015年5月中华书局版）。然而，由于知堂致郑子瑜信札数量较多，涉及面又广，信中不少内容还有待进一步查考。

知堂致郑子瑜信札始于1957年8月26日，止于1966年5月11日。他1964年6月20日致郑子瑜信中有这样一段话：

> 得手书即寄一信，想已收到。嘱题书签辄涂鸦附呈，祈察阅。

这封信的信封保存完好，付邮邮戳时间为"北京1964.6.20.18"，而收信人地址为"日本东京都新宿区早稻田大学语学教育研究所 郑子瑜先生"。当时，郑子瑜正在日本早稻田访学，所以知堂写给他的信不是寄往新加坡，而是寄往日本。那么，信中所说的"嘱题书签"是什么题签呢？为郑子瑜的书所题，还是为他人的书所题？郑子瑜既已收到，后来是否使用这条题签？这些问题我一无所知，一直试图破解。

而今，《红豆簃剩稿》的出现，解开了这个谜。此书1964年12月由日本东京都"安闲窟出版"，虽说无定价，为非卖品，毕竟已经印行。此书是知堂此函寄给郑子瑜半年之后出版的，从时间看，知堂寄题签在先，郑子瑜出书在后，正好先后衔接。更关键的是，此书封面赫然印着如下毛笔题签：

红豆簃剩稿 知堂题 年八十

同时钤"寿则多辱"阳文印一方。由此完全可以断定，知堂1964年6月20日寄给郑子瑜的"书签"正是为郑子瑜《红豆簃剩稿》而题写。以前我只知道知堂为《郑子瑜选集》写过序和题写过书名，没想到还为郑子瑜的《红豆簃剩稿》题写了书名，这是一个虽小却有意思的新发现。

《红豆簃剩稿》仅二十四页，薄薄一小册，内容却较丰富，除了星洲名士李俊承序，共收入《璇香阁吟草序》《识悲鸿大师昆仑伐椰图》《蕾士闲墨序》《南洋风物画集序》《跋康有为先生黄公度诗集序手稿》《红豆吟集序》《红豆簃诗纪》七篇长短文字，对中国近现代文学和绘画颇多新见，称之为一部别开生面的序跋书话集也未尝不可。

值得注意的是，书中最后两篇《红豆吟集序》《红豆簃诗纪》。前者是郑子瑜为王凤池编，收入章士钊、沈尹默、顾颉刚、叶恭绰等名家诗作的《红豆吟集》所作之序，后者则是郑子瑜1940年代至1960年代初与中日诗坛前辈俦诗酒唱和的实录。在新文学家中，郑子瑜与郁达夫和知堂有不少交往，也最服膺他俩，《红豆簃诗纪》中记录了他和达夫名诗《钓台题壁》的七律：

> 不为烟花扰瘦身，胭脂味美意非真。
> 穷途未死为穷鬼，怪癖天生作怪人。
> 忍听秋声长作孽，应教红叶一扬尘。
> 有朝义士纷纷出，直指咸阳杀暴秦！

同时，也记录了知堂"拜读"他所著《鲁迅诗话》的轶事。不仅如此，《红豆簃诗纪》还记录了郑子瑜游学日本时与武者小路实笃、铃木由次郎、高田真治、铃木虎雄、实藤惠秀等作家和汉学家的交往，且录吉川幸次郎意味深长的和郑子瑜七绝两首：

其一：

> 史笔堂堂犀可燃，扶桑国志业空前。
> 莫教名只文章著，岂独新诗压众贤。

其二：

春明旧事尽推迁,学到街西柳色妍。
八道湾连臭皮巷,遗黎我欲问周钱。

2016年10月2日

《梦家诗集》初版本

　　《梦家诗集》是新诗人陈梦家的首部个人新诗集，1931年1月上海新月书店初版。此书是毛边本，版式装帧也朴实大方，封面毛笔题签"梦家诗集 志摩署"，扉页毛笔题签"梦家诗集"四字无落款，不知出自何人手笔，也许是作者自署？而前后环衬的绿色装饰画则出自闻一多之手，闻一多自己诗集《死水》环衬也使用了这幅千军万马弓箭鏖战的装饰画。

　　新月派两员主将徐志摩和闻一多，一为《梦家诗集》题签，一为《梦家诗集》作环衬，由此应可窥见他俩对陈梦家的器重。闻一多曾称"梦家是我的发现"，陈梦家的近作使他"欣欢鼓舞"，足使他"自豪"。（1930年12月10日致朱湘、饶孟侃信）徐志摩也认为《梦家诗集》所收的《悔与回》诗是"难能的一时的热情的奔放"（1931年1月《诗刊》创刊号《序语》）。而且，徐志摩去世太早，为他人题写书名甚少，这个"梦家诗集"题签是十分难得的。

　　也因此，新月书店对推出《梦家诗集》十分重视。1930年12月《新月》第3卷第3期刊出《〈梦家诗集〉出版》广告，对这部新诗集评价颇高：

> 新诗是在沉默期中,这里有一点火星告诉我们寂寞里的光明。形式与内容表现作者在此时代里一个转变的方向,那种谐和迥异于一般死的技巧及无规律的杂乱,看出新诗渐渐巩固在基础上。陈梦家的诗,是以认真态度写的,有着纯粹的好处。作者最近选出四十一首诗,由新月书店发行,将或有所影响于诗的新风格。全集共分四卷,大部分是抒情诗,末了有几首值得注意用另一方法写的长诗,均系作者最近的创作,未曾发表过的。

有趣的是,1931年2月《新月》第3卷第4期再次刊登新的《梦家诗集》出版广告,用更热情洋溢的语言推荐此书:

> 这是一册最完美的诗。其影响一方在确定新诗的生命,更启示了新诗转变的方向,树立诗的新风格。这集诗的特长,在形式与内容的谐和,是正如德国哲人斯勃朗格尔所说:最高的形式即是最圆满的表现。这诗集将是最近沉默期中的一道异彩,是一册不可忽略的新书。

《梦家诗集》问世后,胡适也于1931年2月9日致函陈梦家大表赞赏,肯定集中的《自己的歌》《迟疑》《你尽管》《雁子》等短诗"都是很可爱的诗",而"最喜欢《一朵野花》的第二节,一多也极爱这四行。这四行诗的意境和作风都是第一流的"。胡适又对集中几首诗的具体字句提出批评,尤其认为《序诗》"意义不很明白","我细看了,不懂得此诗何以是序诗?"(《评〈梦家诗集〉》,载1931年4月《新月》第3卷第5、6期合刊)以至《梦家诗集》同年7月再版时,不仅校正了不少错字,抽换上《给薇》等三首诗,增补了"第五卷 留给文黛"中《白马湖》《潘彼得的梦》等十二首诗,还删去了这首初版本的《序诗》。初版本《序诗》就此成了陈梦家诗作的游子,八十多年来一直在集外游荡,连吾友蓝棣之兄编的搜集较为齐全的《梦家诗集》(2006年7月中华书局版)仍然遗漏,现在应该让其重见天日了:

我走遍栖霞
只看见一片枫叶;
从青天摘下
一条世界的定律。

尽管有我们
自己梦想的世界;
但总要安分,
"自然"是真的主宰。

人生是条路,
没有例外,没有变——

无穷的长途

总有完了的一天。

十九年十一月南京小营三〇四

2016年10月9日

《实秋自选集》

有幸得到一本《实秋自选集》,小32开平装本,1954年10月胜利出版公司台北分公司初版。距今六十多年了,居然还是梁实秋的签名本,扉页左上角有钢笔题字。由于年代相隔较久,钢笔墨水已有些褪色,但仍清晰可辨:

> 孟瑶女士　梁实秋　四三,十,廿七

还钤了梁实秋阳文名印。孟瑶钟情文学,1949年去台湾,著有《这一代》《心园》《黎明前》等中长篇小说多部,自立创作标准是"古典的笔,写实的眼睛,浪漫的心"。梁实秋与她在台湾有所交往,是很自然的事。

《实秋自选集》的序写得很有趣:

> 我不是"作家",因为我没有称得起"作品"的东西。我研习的学科是英国文学;我的职业是教书。三十年来也曾不断在笔墨中讨生涯,但是我的大部分精力是用在翻译上;在著作上可以说是几等于零。

梁实秋不承认自己是"作家",看似有"过谦"之嫌,其实却是老实话。他称得起"作品"的东西不多,当时刚出版了第二本散文集《雅舍小品》初集(1949年10月台北正中书局初版),而他的第一本散文集《骂人的艺术》还是二十多年前的"少作"(1927年10月上海新月书店初版),所以他要强调"我研习的学科是英国文学;我的职业是教书","我的大部分精力是用在翻译上"当然是指他埋首于英国文学,首先是莎士比亚的翻译。

"自选集"是作家对自己创作生涯的回顾,因此,选什么不选什么,如何才能更好地呈现自己的文学成就就大有讲究。《实秋自选集》分为四辑。第一辑是他"学生时代的写作之一斑",以有名的《现代中国文学之浪漫的趋势》为首篇,还有《诗与图画》《文学的纪律》等,从中"可以看出我的思想(如果有的话)的渊源"。第二辑是他"一面和左倾思想斗争一面和浪漫思想论辩的一些文字",以《文学与革命》《文学是有阶级性的吗?》等为代表。第三辑是他"所写的一些小品文",均从已经在台湾出版的《雅舍小品》初集中选出,从《雅舍》《女人》到《中年》《鸟》,共有十三篇之多,可见梁实秋对这类"小品文"十分看重。最后一辑是他"来台湾以后的一部分成绩,性质是很杂的",确实,有"雅舍小品风"的《平山堂记》《早起》,有回忆录《关于鲁迅》,还有学术论文《杜甫与佛》《孚斯塔夫的命运》,各种体裁俱备。正因为这本选集较充分地展示了梁实秋多方面的文学追求,以至后来台湾黎明文化事业公司1975年5月初版《梁实秋自选

《实秋自选集》

集》（列为"中国新文学丛刊"第一种）时，保留了其中绝大部分的选文，只抽出了《古今之争》《浮斯塔夫的命运》两篇，增补了后来新写的评论、小品和回忆录而已。

作家编"自选集"其实是1930年代的一个文学传统。早在1933年，上海天马书店就出版了鲁迅、周作人、茅盾、郁达夫的自选集。有趣的是，周作人不愿以《周作人自选集》为书名，而以《知堂文集》代之，但1933年3月初版《知堂文集》扉页上"知堂文集"书名旁，加了一行说明小字："一名周作人自选集"，这就清楚地告诉读者，这是一套四种新文学大家的自选集。鲁迅在《自选集》自序中说得好："我向来就没有格外出力或格外偷懒的作品，所以也没有自以为格外高妙，配得上特别提拔出来的作品"，只能将"材料，写法，略有些不同，可供读者参考的东西"凑成一本自选集。可见作家"自选"并不易。

2016年10月19日

《故乡》

翻开中国现代文学史册，以"故乡"为题的作品比比皆是，小说、新诗和散文各擅胜场，单篇最有名的莫过于鲁迅的短篇小说《故乡》，而作品集最有名的就是许钦文的短篇小说集《故乡》了。

《故乡》1926年4月由北京北新书局初版，署名"钦文"，列为鲁迅主编的"乌合丛书"第二种，第一种就是鲁迅划时代的短篇小说集《呐喊》，他自己的《故乡》正收在《呐喊》之中。许钦文的《故乡》书前有小引，作者为"乌合丛书"的另一参与者高长虹。高长虹在"乌合丛书"中出版了第四种——散文及新诗集《心的探险》，鲁迅编选。但是，由于高长虹后来与鲁迅反目，以至这篇小引长期湮没不彰。

《故乡》共收入《传染病》《理想的伴侣》《父亲的花园》《小狗的厄运》等短篇小说二十七篇，之所以定书名为"故乡"，是因为书中首篇小说题为《这一次的离故乡》，高长虹在小引中说：

> 我开始读的，便是那第一篇《这一次的离故乡》，我

开始惊异了。在这篇短的故事里,乡村的描写,感情的流露,心理的分析,人间的真实性,都是向来所不容易看见过的。

我继续读了下去,而为我所最感到趣味的,尤其是这书中的青年心理的描写。

高长虹还透露,他之所以会认真阅读《这一次的离故乡》,则是出于鲁迅的建议:

一天,鲁迅先生把这《故乡》的原稿交给了我,要我选一下;如可以时,并且写一篇分析的序。

不仅如此,当高长虹把他阅读《这一次的离故乡》等篇的感受告诉鲁迅时,鲁迅发表了精辟的意见:

一天,我把这书还了鲁迅先生,我述说了我的意见。
"是的呵!我常以为在描写乡村生活上,作者不及我,在青年心理上,我写不过作者;但我又常常怀疑是感情作用……"鲁迅先生惊异而欢喜地说了。

从这段话,可见鲁迅对许钦文确是另眼相看。《故乡》的序虽然由高长虹所写，但篇目最后仍由鲁迅选定，高长虹在小引末尾说得很明白："现在形成的这个选本，则大半是鲁迅先生的工作。"许钦文也以此书跻身20世纪中国文学"乡土文学"代表作家之列。

《故乡》之所以特别有名，还有必须提到的重要原因。那就是《故乡》是毛边本，是新文学早期毛边本中著名的一种，尤其是许钦文同学并好友陶元庆所作的封面画《大红袍》，在新文学装帧史上被视为"里程碑式的作品"。陶元庆是书籍装帧家，为鲁迅所器重，在新文学装帧史上有其特殊的地位。对《大红袍》，新文学藏书家唐弢曾说："《大红袍》尤觉心仪，可惜初版全新的《故乡》颇不易得……"（《晦庵书话·关于陶元庆》）另一位新文学藏书家姜德明也认为《大红袍》是"现代书籍装帧史上的经典之作"。（《书衣百影·故乡》）许钦文后来回忆道：

> 《大红袍》虽然做了《故乡》的书面，可是画的时候，还没有印《故乡》的意思；作书面是后来的事情，原画比《故乡》的封面大得多。当时住在北京的绍兴会馆里，日间到天桥的小戏馆去玩了一回，是故意引起些儿童时代的回忆来的。晚上困到半夜后，他忽然起来，一直到第二天的傍晚，一口气画就了这一幅。其中乌纱帽和大红袍的印象以外，还含着"吊死鬼"的美感。——绍兴在演大戏的时候，台上总要出现斜下着眉毛，伸长着红舌头的

吊死鬼,这在我和元庆都觉得是很美的。(《许钦文散文集·陶元庆及其绘画》)

2016年10月23日

一书赠三杰

日前网上拍卖了现代作家、诗人聂绀弩的《二鸦杂文》签名本,这部杂文集1949年8月香港求实出版社初版,内地颇为少见。其实,1940年代末至1950年代初,聂绀弩有不少作品由香港求实出版社出版,还有小说剧本集《天亮了》、杂文集《海外奇谈》等。由此不禁想到我收藏的聂绀弩另一部签名本,一本书竟赠送了三个人,十分有趣。

这是聂绀弩创作的四幕话剧《小鬼凤儿》,署"绀弩著",1949年12月上海新群出版社初版。书的封面左上角,有聂绀弩潇洒的钢笔题字:

承勋 高郎 永玉三兄指教　绀弩敬赠

把题签书于封面,这是五四新文学的一个传统。就我有限的见闻,胡适、丰子恺、施蛰存、陈白尘等都这样写过。聂绀弩也是如此,他经常把题签书于封面。值得注意的是,聂绀弩把自己这本新著赠送了三个人,即承勋、高郎和永玉,这是极为少见的。三位受赠者都大名鼎鼎。承勋即罗承勋,罗孚的本名,报人、作家。高郎当为高旅，历史小说家。永玉无疑是黄永玉，画家、作家，这四位中，唯独他还健在，还在创作长篇小说《无愁河的浪荡汉子》，老当益壮，令人钦敬。

《小鬼凤儿》1949年底问世，聂绀弩送出此书的时间当为1950年初或更晚。当时他们四人都在香港，罗孚在大公报社，高旅刚从湖南来，应聘文汇报社。聂、罗、高、黄四人一定惺惺相惜，很谈得来，否则，聂绀弩不可能一书赠三人。他之所以把高旅称作"高郎"，因当时高旅未婚，戏称为郎也。聂绀弩回内地后，历经磨难，大彻大悟，后以旧体诗名，被誉为"绀弩体"，曾有七律《中秋寄高旅》《元日寄高旅》《寄高旅》《念高旅》等诗，而他第一本旧体诗集《三草》1981年6月由罗孚安排以香港野草出版社名义出版时，作序者也正是高旅。

虽然《小鬼凤儿》是聂绀弩的第一部话剧作品，但严格讲，这不是他的创作，而是他的"再创作"。他在此书序中说得很清楚：

> 这剧本献给小说集《受苦人》的作者——孔厥。因为里面的主要的材料都取自他的名篇《凤仙花》、《二娃子》和《一个女人翻身的故事》。顺便说一句：那本小说集，从《朱苦鬼》起的以下诸篇，我都极为喜爱。
>
> 我没有正式写过剧本，这是个学习的开始，我以为是可以上演的，因为那几篇小说先就写得如诗、如画、如剧了。凡是小说原有的场面，都尽量保存原来面目，那应该

是这剧本最生动的部分。里面的人物：半个一泓和整个凤儿的妈可说是我创造的。

原来《小鬼凤儿》是聂绀弩综合作家孔厥的《凤仙花》《二娃子》等短篇小说而改编的，当然，也增添了不少他自己的"创作"。这样据小说而改编话剧的做法在当时很流行，如鲁迅的《阿Q正传》由田汉改编成话剧，巴金的《家》由曹禺改编成话剧。孔厥早年曾与后来成为诗人、装帧家的曹辛之合办文学刊物，后到延安，代表作为他与袁静合著的章回体长篇小说《新儿女英雄传》。他的《凤仙花》等几篇小说是否真的如聂绀弩所说的"如诗、如画、如剧"，或会见仁见智，但聂绀弩当时的改编态度是真诚的。

更巧的是，《小鬼凤儿》的作者和受赠者，除高旅无缘识荆外，聂绀弩、罗孚、黄永玉三位我都见过面，请过益。而此书流传有绪，先后由香港藏书家陈无言、方宽烈收藏，他们两位我也都有过交往。这样的藏书经验，在我是唯一的一次。

2016年10月30日

《郁达夫全集》种种

郁达夫是20世纪中国文学史上极为重要的新文学作家、旧体诗人。但是，对郁达夫作品的收集、整理和出版，却走过一段坎坷、曲折而又漫长的路。

早在郁达夫生前，就已经出版《达夫全集》了。从1927年至1933年，由上海创造社出版部、开明书店、现代书局和北新书局陆续出版了《达夫全集》第一至第七卷，即《寒灰集》《鸡肋集》《过去集》《奇零集》《敝帚集》《薇蕨集》《断残集》。开始出版这部全集时，郁达夫正好三十而立，他在《达夫全集》自序中说：

> 在未死之前，出什么全集，说来原有点可笑，但是自家却觉得是应该把过去的生活结一个总账的时候了。自家的精神生活，以后能不能再继续过去？只有天能知道，不过纵使死灰有复燃的时候，我想它的燃法，一定是和从前要大异……

这部最早的《达夫全集》开了新文学作家出版全集的先河，虽然全集并不全，遗漏甚多，毕竟这是第一部郁达夫"全集"。

十四年抗战胜利，郁达夫却在日本投降消息传出之后被暗害，长眠南洋。1949年《达夫全集》编纂委员会成立，由郭沫若、郑振铎、刘大杰、赵景深、李小峰和郁飞六人组成。按照《青年界》1949年1月新6卷第5号刊登的《〈达夫全集〉出版预告》，北新书局计划出版的《达夫全集》分短篇小说、中篇小说、日记游记、散文杂文、文艺论文和译文杂著（附陆丹林编订之达夫旧诗）六大卷。遗憾的是，这部新的《达夫全集》已经打出校样，却终因形势发展太快而被迫搁浅。主其事的赵景深晚年对此有具体的回忆：

> 一九四九年我参加第一次全国文代大会时，曾由陈子展陪我去看郭沫若，询问沫若是否可以出《达夫全集》。沫若认为其中黄色描写有副作用，不宜出全集，只能出选集。后来书店都要国营，北新书局合并到四联出版社，再合并到上海文化出版社，因此这部《达夫全集》始终未能刊行。（《回忆郁达夫·郁达夫回忆录》）

果然，共和国成立之后，1951年北京开明书店出版了丁易编选的一卷本《郁达夫选集》（1954年改由人民文学出版社再版），1959年，人民文学出版社又出版了冯雪峰新编的一卷本《郁达夫选集》。前三十年出版的郁达夫作品，仅此薄薄的两种而已。

值得庆幸的是，改革开放以后，较大规模地出版郁达夫作品重新提上议事日程。广州花城出版社与香港三联书店合作，率先自1982年至1984年出版了十二卷本相当于全集规模的《郁达夫文集》。稍后，达夫故乡的浙江文艺出版社也陆续推出各种体裁的郁达夫作品集，郁达夫作品搜集、整理和出版开始走上正轨。

1992年，在郁达夫逝世四十七年之后，第一部《郁达夫全集》终于问世。由浙江文艺出版社出版的这部《郁达夫全集》分小说、散文、文论、杂文（以上每种各两卷）、诗词、译文、书信、日记共十二卷，其出版说明说得很清楚：

> 本版《郁达夫全集》……收集了郁达夫从事文学创作三十余年来的各类著述（包括翻译作品），按文体分类编年，是迄今最为完备的郁达夫著作汇纂。

到了2007年，浙江大学出版社推出了新的更为完备的《郁达夫全集》。与浙江文艺社版《全集》相比，虽然浙江大学社版《全集》仍为十二卷，却有不少令人惊喜的增补。譬如小说卷，新增达夫早期短篇《圆明园的一夜》，散文卷新增《上海的茶楼》《看京戏的回忆》等，杂文卷新增《假使做了亡国奴的话》《战时的文艺作家》等，诗词卷新增七绝《癸酉夏居杭十日，梅雨连朝》等两首，书信卷则新增致孙荃的五通，以及致王映霞的《闽海双鱼》《战地归鸿》和致夏莱蒂的《南洋来的消息》等八通，从而为更全面地研究郁达夫提供了新的可能。

然而，新的《郁达夫全集》依然不全。从2007年至今，郁达夫留下的文字，包括杂文、书信、诗词和题词等，又有新的发现。于是，一本《全集补》在郁达夫诞辰一百二十周年之际应运而生。

2016年11月6日

王佐良的新文学观

2016年2月,北京外语教学与研究出版社出版十二卷本《王佐良全集》。王佐良(1916—1995)是杰出的英国文学研究家、英语教育家、翻译家和诗人。全集第十一卷收入他1930年代至1990年代的逸文集,其中一篇"Trends in Chinese Literature Today"特别引人注目。同年9月,北京《国际汉学》秋之卷刊出《今日中国文学之趋向》(以下简称《趋向》)中译文(王立译),以纪念王佐良百岁诞辰。

《趋向》之英文小册出版于1946年,是王佐良在抗日期间应邀为国民政府军事委员会战地服务团而作,列入为来华盟军编印的关于"中国与中国的事物"英文宣传册丛书之一种。王佐良撰写这篇《趋向》时不到三十岁,还是昆明西南联大外文系的青年教师,却以独到的眼光、洗练的文笔,概述了五四新文化运动之后约二十五年间中国新文学全景式的发展路径,十分难得。

王佐良指出,现代中国的"道路是崎岖的,充满了喧嚣、骚动和炽热的问题"。面对历史和现实,中国青年一代力图表达自己真实的心声,"其成果就是我们所说的中国新文学"。不过,王佐良并不一味夸大新文学的成果,恰恰相反,他指出:

但是当面对这个新文学时,我们发现它没有很多值得夸耀的名字,也没有几部真正有文学价值的作品。其实这也不足为怪,因为:首先,它只有短短25年的历史,主要体现了1919年中国的文艺复兴的成果;其次,因为其非常新奇,所以它不得不抛弃中国古典传统,而致力于模仿各种西方文学。

接着,王佐良较为全面地梳理了新文学最初二十五年的历程。按出现先后,他论及的作家有严复、林纾、胡适、鲁迅、周作人、徐志摩、闻一多、张资平、成仿吾、郁达夫、郭沫若、林语堂、冰心、沈雁冰(茅盾)、丁玲、沈从文、巴金、施蛰存、杜衡、穆时英、戴望舒、叶公超、朱光潜、卞之琳、李广田、何其芳、萧乾、芦焚、废名、萧军、田汉、曹禺、李健吾等;他提到的作品有《阿Q正传》《野草》《尝试集》《我所知道的康桥》《死水》《沉沦》《剪拂集》《在黑暗中》《春蚕》《子夜》《幻灭》《动摇》《追求》《边城》《激流》《宝马》《八月的乡村》《终身大事》《原野》《雷雨》《日出》《放下你的鞭子》等;他介绍的文学刊物则有《新青年》《语丝》《小说月报》《现代》《文学》《大公报·文艺》《水星》《论语》等。从上述统计可知,王佐良此文的文学视野何等广阔,虽然个别重要作家有所遗漏,全文仍不啻一部浓缩的中国新文学史。

不仅如此,王佐良的分析也是独具慧眼,或扬或抑,均能自成一说。他无疑给予鲁迅很高的评价，甚至认为鲁迅"在杂文中发出的那种强劲的讽刺，光芒所及，使他的小说黯然失色"。他肯定闻一多在新月派中贡献最大，同时强调"郭沫若在新诗中的地位甚至更高。恕我直言，他是第一个真正伟大的新诗人"。他批评"田汉和他的追随者在戏剧的建构方面很漫不经心"，也指出曹禺《日出》第三幕"存在问题"，"与主要情节缺乏联系"。凡此种种，都表明王佐良对新文学有自己的评判标准，他的结论同样足资启迪：

> 概括地说，从25年来的发展中，我们发现新文学首先是彷徨和实验，然后获得了一定的政治色彩，与此同时证明了自身的优势与不足。虽然许多新文学作品是粗放的、无定形的，但是我们在这四分之一世纪中的进步是巨大的。我们经历了浪漫主义、现实主义、印象主义、表现主义、自然主义、象征主义和当前的现实主义。……

2016年11月13日

陶亢德与我及其他（上）

1976年10月，我进入上海师大中文系鲁迅著作注释组工作。注释组的工作主要有两项，一项是注释鲁迅后期的《且介亭杂文》，另一项是注释鲁迅1934年至1936年致外国人士的书信。我参加的是后一项工作。当时还在延续"文革"中流行的"三结合"做法，有两位来自工厂的"工人理论队伍"代表也参与注释工作。1978年4月，注释组安排的访问巴金的任务就是工人代表黄成周先生和我一起去完成的。另一组由林月桂老师与一位康姓女工人代表组成，她们在1977年10月访问了陶亢德。访问记录整理稿刊载于注释组编印的《鲁迅研究资料》。这部数据集有1977年10月油印本和1978年铅印本两种，"供鲁迅著作注释和研究"的"内部参考"，但内容并不一致。访问陶亢德的这份记录篇幅很短，油印本中关于鲁迅书信已经只字未提，铅印本还删去了油印本最后一段关于邹韬奋的回忆，因为这与注释鲁迅著作并无直接关联。

陶亢德1983年去世，前一年我单独访问了他。那时注释鲁迅书信的工作已经告一段落，1981年版《鲁迅全集》也已出版。我向陶亢德请教的是他与郁达夫、周作人等交往的往事，还谈到了他保存下来的老舍长篇《骆驼祥子》手稿。陶亢德告诉我，他原藏有一百多封周作人给他的信,"文革"中付之一炬了。我问他当时有无可能做出别的选择,他停顿良久,只回答我一句:"我实在没有办法,当时怕啊。"那时的情景,至今历历在目。可惜,这次访问未留下文字记录。

2013年11月,北京嘉德拍卖公司拍卖了鲁迅1934年6月8日致陶亢德函手迹原件,由于这通仅一页的信属于我当年注释工作的范围,所以我很关心。据鲁迅日记记载,鲁迅与陶亢德通信,始于1933年10月18日,止于1934年10月19日,鲁迅致陶亢德函共二十通。所谓"止于",乃指鲁迅日记明确记载的鲁迅致陶亢德最后一函写于1934年10月19日,这封信未能保存下来。此后,1934年11月21日和1936年7月7日,陶亢德又两次致函鲁迅,但鲁迅日记均无回信的明确记载。

1981年版《鲁迅全集》所收鲁迅致陶亢德函起讫时间为1933年10月18日至1934年7月31日,共十九通。其中,十八通原信保存下来了,十四通由北京鲁迅博物馆收藏,一通即1934年5月16日致陶亢德函由绍兴鲁迅纪念馆收藏(以上据1959年7月北京鲁迅博物馆编《鲁迅手迹和藏书目录(1)》所记载),两通由上海鲁迅纪念馆收藏(据2013年12月7日上海鲁迅纪念馆向我证实),还有1934年7月31日一通藏于何处待查。此外,就是写于1934年6月8日的这一通不明下落。这通原信历经那么多年风雨沧桑之后终于在嘉德拍卖会上现身,实在难得。但疑问也随之产生,《鲁迅全集》当年收入这通信札的依据是什么?

其实，1979年10月文物出版社出版的《鲁迅手稿全集·书信》第五册就已经公布了这通信札的手迹，只是称谓"亢德先生"四个字加一个冒号阙如，该书目录上也注明了"缺称谓"。这是《鲁迅手稿全集》刊出的鲁迅致陶亢德十九通信札中唯一一通缺少称谓的。那么，《鲁迅手稿全集》又是依据什么收入这通缺少称谓的鲁迅致陶亢德函呢？在此之前，此函有否公开发表过？

2016年11月20日

陶亢德与我及其他（下）

1949年2月，上海万象图书馆出版平衡（平襟亚）编辑的《作家书简》"真迹影印"本，书中共收入十通鲁迅书信手迹，除了一通是致林语堂的，其余九通全部是致陶亢德函。这十通手迹统统都被略去称谓，鲁迅1934年6月8日致陶亢德这一通手迹，正是排列在这十通书信之末。换言之，应该是陶亢德当时向《作家书简》编者提供，这些书信手迹才得以影印出版，出版时应陶亢德本人要求或编者出于某种考虑，隐去了这十通信札的称谓。而致陶亢德的九通中的八通由于手迹原件后由北京鲁迅博物馆和上海鲁迅纪念馆入藏，称谓也随之得以恢复，唯独1934年6月8日这一通成了例外。由于这通信札手迹原件一直未能出现，导致《鲁迅手稿全集》据《作家书简》影印件收入时仍"缺称谓"。

令人费解的是，1981年版《鲁迅全集》收入鲁迅1934年6月8日致陶亢德此函时，恢复了"亢德先生"称谓，2005年版《鲁迅全集》沿用。如果说1979年至1981年两年时间里，《鲁迅全集》编者见到了鲁迅此函手迹原件，当然应该恢复称谓，但我作为1981年版鲁迅书信注释定稿小组成员之一，却了无印象。如果说仍未见到鲁迅此函手迹原件，《鲁迅全集》又凭什么恢复称谓？再查1976年人民文学出版社版《鲁迅书信集》上册，收入此函时已恢复了称谓，这应是此函在1949年后首次编集，《鲁迅全集》恢复此函称谓应据《鲁迅书信集》而来。但《鲁迅书信集》又据何而来？仍不得而知。在新证据出现之前，《鲁迅手稿全集》据《作家书简》影印件保持"缺称谓"，无疑是正确的。

1956年10月19日是鲁迅逝世二十周年，上海《新民报晚刊》副刊发表署名陶庵的《鲁迅先生的四封信》以为纪念，陶庵正是陶亢德鲜为人知的笔名。在此文之前，陶庵还在10月4日《新民报晚刊》副刊发表了《鲁迅故乡的台门》一文。《鲁迅先生的四封信》中，陶亢德开宗明义告诉读者："我和鲁迅先生通过十几次信，去一信他答一信，无论去的信是讲的什么事情。"然后就介绍鲁迅写给他的四封信，按引用次序，为1934年6月6日、1933年10月27日、1933年11月2日和1934年5月25日四通。原文均未注明四封信的具体写信时间，我据《鲁迅全集》核实。前三通谈的是鲁迅指导他如何学习日语，告诉他如何看待日本学者论中国民族性的著作。最后一通则是那封有名的鲁迅不愿滥竽作家之名，拒绝"雅命三种"之函。这四通陶亢德都大段征引鲁迅原信，有的几乎是原信照录。而且，除了1933年10月27日这一通，其余三通均为《作家书简》所未收，他不可能从《作家书简》转引。所以，若以此断定这四通信札在陶亢德写作此文之时尚在他手边，他可以大段大段引用，应能成立。

不过，此文虽名《鲁迅先生的四封信》，除了上述四通之外，在引用1934年6月6日这通信之后，还写到鲁迅另一封信，也即1934

年6月8日这一通!但陶亢德不是原信照录,而是用自己的话概述其内容:

> 鲁迅先生给你(我)的复信,始终是真正知无不言,言无不尽。记得后来他还给我一封信,劝我与其学日文,不如学欧洲文字。他说学好日文并不比学好任何一种欧洲文字容易;而欧洲究有大作品,学了它的文字可以读到巨著,日本的作品究竟比较小。这一次的指教影响了我:我日文仍继续读,同时学习了欧洲文字。今日的能稍读萧伯纳、果戈理大著,在很大程度上是受了鲁迅先生之赐的。

显而易见,鲁迅"后来"写给陶亢德的这封信,他只是"记得",只能凭记忆综述大概,而不是像其他四通信那样可以大段引用原信。也就是说,鲁迅1934年6月8日致陶亢德的这通信,在他1956年10月写作《鲁迅先生的四封信》(其实应改题《鲁迅先生的五封信》)之时,或已不在他手边,他无法据原信直接引用。那么,这封信到哪里去了?也许还夹在他一时无法检出的某本藏书里,也许已夹在他某本藏书里为补贴家用而变卖了,也许一直保存到"文革"仍不幸被抄走,总之,各种推测都有可能。

2016年11月30日

一字万金

2016年11月14日北京嘉德拍卖公司秋季拍卖会上,张爱玲1976年1月28日致黄俊东一通仅一页的信札拍出了70万元人民币的高价,加上佣金,成交总价为80.5万元,虽然不是天价,却已令人咋舌。与此同时,钱锺书为黄俊东所书的一首七律毛笔诗笺,也拍出了总价19.55万元的高价。

张爱玲这通钢笔信札书于她常用的薄薄的"洋葱纸"上,仅四行,连抬头和落款总共才七十多个字,可谓一字万金了。先照录如下:

C.T. 先生:

多谢寄来两篇短文的清样来。前两天我又补寄给戴天先生的《附记》第二段,请不要再加上了,太费事,倒不是为了出版迟早。一切费心,此颂

大安

张爱玲 一月廿八
(EILEEN CHANG)

虽然字数很少，却丝毫无损此信的史料价值，正如黄俊东此信题跋所言，这是"一九七六年我为张爱玲编她的自选集《张看》时给我的一封信"。不过，黄俊东有个误记，《张看》不能视为张爱玲的"自选集"，而是她到美国后写的《忆胡适之》《谈看书》等新作和她早期小说《连环套》《创世纪》以及散文《姑姑语录》等旧作的合集。而且，在此之前，张爱玲出版自己的作品，小说集和散文集分得一清二楚，自《张看》起，开始小说散文（后来还加上电影剧本等）混编了。

《张看》初稿交付诗人戴天主持的香港文化·生活出版社后，又"出土"了张爱玲的散文佚作《论写作》和《天才梦》，要补入书中，因书稿已经排出，这两篇已不能按发表时序插入书中而只得置于书末。张爱玲认为有必要新写一则《附记》加以说明。这就是她致黄俊东信中所说已寄戴天的《附记》第二段事。张爱玲体谅编辑，特地关照黄俊东，补寄的《附记》第二段"不要再加上了"。

难得的是，张爱玲此信中提到的她寄戴天《附记》第二段一信同样完好存世，不妨也照录如下：

戴天先生：

收到十五日的信，希望新春度假愉快。又要麻烦您了——就《张看》而言，绝对最后一次——如果还来得及的话，请在书末《附记》里再加一段，附在这里寄上。匆此即颂

大安

张爱玲 一月廿五日

显而易见,张爱玲致戴天此信写于"一月廿五日",正是在致黄俊东信的"一月廿八"之前,两信内容也完全衔接。黄俊东是好编辑,在他的努力下,张爱玲希望《附记》中加上的第二段最后还是加上了。这新加的第二段还真的很重要,透露出她对处女作《天才梦》发表并得到《西风》征文名誉奖第三名有所不满。此事说来话长,暂且按下不表。但这两通短信对研究张爱玲作品出版史的意义都已不言而喻。

迄今为止,尚未发现张爱玲使用毛笔书写,无论创作手稿还是通信手迹均无。而目前内地收藏界收藏文化名人的字推重毛笔,钢笔、圆珠笔之类是不大入流的。此次张爱玲致黄俊东这通钢笔信札出人意料地拍出如此高价,或可有望打破已有的陈规?我们且拭目以待。归根结底,还是要看作者的文坛影响和文学史地位,我以为。

2016年12月4日

《苏青与张爱玲》

　　从网上觅得一册《苏青与张爱玲》，书的成色，按民国书籍收藏界的行话，仅五六品而已，但书的内容却值得一说。

　　《苏青与张爱玲》，小32开本，封面署"白鸥编"，"北京沙漠书店出版"，扉页又印有"文坛逸话"四字，版权页上未印出版时间。但从书前白鸥的题记落款"民国三十四年五月三十日编者谨志"，可知此书出版时间当为1945年6月或更晚，这离抗战胜利的1945年8月已经很近了。

　　从书名应可明了，《苏青与张爱玲》是一本关于作家苏青和张爱玲的书。之所以苏青大名在前，张爱玲大名在后，想必一则苏青年长，二则苏青文字生涯也早，尽管张爱玲当时在上海的文名已经盖过了苏青。如果今天再有人编这样的书，书名上两人大名的位置一定会对换，即变成《张爱玲与苏青》。

　　苏青与张爱玲当时虽然在海上文坛都已大名鼎鼎，而且常被人相提并论，但北平文坛对她俩未必有很多了解，所以，为北方读者编选一本《苏青与张爱玲》，未始不是一件好事。不过，此书既然定性为"文坛逸话"，就不是一本清一色的评论集。

　　白鸥是什么人？笔者一无所知。但白鸥的题记有不少意见应予注意。白鸥在文中回顾了苏青和张爱玲的文学历程之后，指出：

> 现在，苏青和张爱玲都成为流行的作家了。苏青的《浣锦集》、《结婚十年》和《涛》，张爱玲的《传奇》和《流言》，都成为畅销的书籍。

对张爱玲的作品，白鸥则是这样分析的：

> 她初到上海在《杂志》上写小说时，保持着中国旧传统的章回小说的影响，也形成她自己的一点特殊风格。加上她的绘画，也渐渐在读者中间熟悉起来。

那么，苏、张两位的作品何以会"流行"呢？白鸥认为：

> 主要的原因第一个恐怕还是因为她们都是女性的原故。第二个是苏青在她的文章里敢大胆地谈男女间的问题，张爱玲的小说的体裁是男女的恋爱故事，都投合着都市中一般读者的趣味。
> 究竟苏青和张爱玲在今日文化界里有怎样的贡献，这是很难答复的一个问题。过去的一个时期，我们很少见到对她们的责难，直到最近才发现了抨击的文章。这在出版界的倾向上是一个可以注意的问题。苏青和张爱玲在艺

上的成就自然也不能一笔抹杀,然而把她们当做今日文坛的主流也大有值得考虑的地方。

可惜的是,《苏青与张爱玲》的编选不如人意。此书封面印有苏青和张爱玲的漫画像,书末有白鸥的文字说明《苏青与张爱玲的画像》,书前又印有苏青半身照和张爱玲头像照各一帧。书中收录《苏青张爱玲对谈记》(记者作),苏青的小说《河边》和随笔《我对婚姻》,张爱玲的小说《留情》和散文《我看苏青》《姑姑语录》《双声》,对张爱玲的评论《张爱玲的文章》(沈启无作,即其《南来随笔》之第三节)、《评张爱玲》(胡兰成作)、《张爱玲的〈流言〉》(许季木作),对苏青的评论《记苏青》(实斋作)、《苏青的〈浣锦集〉》(公羊瀚作)、《访苏青记》(黄静珠作)等。这些长短文字大都选自海上刊物,但把苏、张两人的创作和他人的评论编为一集,编排又无章法,称之为混搭的杂烩,也就并不过分了。

当然,《苏青与张爱玲》毕竟是迄今所知第一本关于她俩创作的评论集,在她俩各自的评论史上还是都占着一席之地。

2016年12月11日

周越然的书

日前在深圳见到一位收藏界后起之秀，他出示一份所藏清代以降藏书家手札目录，自朱彝尊起，至黄永年止，名家汇集，洋洋大观。但笔者发现其中有个重要的遗漏，周越然并不包括在内。

余生也晚，知道周越然的名字已在1980年代后期。那时为搜寻张爱玲作品，查阅1940年代上海的《杂志》《古今》等文学和文史掌故杂志，经常见到周越然的妙文。后来又在旧书摊上淘到周越然的《书书书》《六十回忆》等，始知周越然并非寂寂无名的等闲之辈。然而，我们已经把他遗忘得很久了。

周越然（1885—1962），原名之彦，又名复龛，浙江吴兴（今湖州）人，藏书家、编译家、散文家和性学家。他是清光绪三十年（1904年）的秀才，又是南社社员。曾执教江苏高等学堂、安徽高等学校和上海中国公学等校，是严复弟子，为辜鸿铭所赏识，戴季陶则向他从过学。他精通英语，1915年起任职于商务印书馆编译所英文部近二十年之久，编译各类英语教科书和参考书籍三十多种，尤以《英语模范读本》销数最大。他1940年代专事写作。1950年代先后在上海水产学院（现为上海海洋大学）教授英语和从事图书馆工作。

周越然生前出版了《书书书》（1944年）、《六十回忆》（1944年）和《版本与书籍》（1945年）三种谈书的书，《情性故事集》（1936年）、《性知性识》（1936年）两种谈性的书。虽然还不能说周越然已经著作等身，但如果说他著述甚丰，影响不小，却是完全符合史实的。

由此也可见，周越然是早该进入文学史的人物。1980年台北成文出版社出版的刘心皇著《抗战时期沦陷区文学史》里就出现了周越然的名字，称其"藏书有外国古本，中国宋元明版，中外绝版三种。数量之多，更是惊人"。这大概是文学史著作首次写到周越然。1995年上海人民出版社出版的陈青生著《抗战时期的上海文学》里也写到周越然，特别对周越然的散文给予颇高的评价。此书论及上海沦陷时期的散文时，给周越然以相当的篇幅，认为周越然的"书话""将有关'书'的广博见识，用半文半白、亦庄亦谐的文笔写出"，"在中国古今同类散文小品中，显示出承前启后的独特个性"。至于周越然的"忆旧散文"，也自有其风格，"下笔也比较自由，叙己述人或谈事载言，虽未必确切周到，却不失真实生动"。这是大陆文学史著作写到周越然之始，都不能不提。

自1990年代中期起，随着大陆出版界思想的解放，选题的多样，重印周越然著述逐渐付诸实施。已经出版的周越然著述有七种：《书与回忆》（1996年）、《言言斋书话》（谭华军编，1998年）、《周越然书话》（陈子善编，1999年）、《言言斋古籍丛谈》（周炳辉辑，2001年）、《言言斋西书丛谈》（周炳辉辑，

2003年)、《言言斋性学札记》(周炳辉辑,2004年)、《夹竹桃集:周越然集外文》(金小明、周炳辉编,2013年)。这些周越然作品集当然各具特色,对传播周越然其人其文所起的作用自不待言。但是,除了集外文的发掘整理,它们大都是重新编排的选本,而非周越然著作的初版原貌。这是一个明显的不足,因为读者无法从中得见周越然自己编定的集子,也即无法品尝周越然作品集的原汁原味,不少读者对此深以为憾。

从这个意义讲,北方文艺出版社此次重印周越然生前编定的五种作品集,就令人大为惊喜了。不但周越然脍炙人口的《书书书》《六十回忆》《版本与书籍》三种据初版本重印,《情性故事集》和《性知性识》两种生动有趣的性学小品集更是1949年以后首次与读者见面,尤为难得。"文字飘落谁为拾?"这五种原汁原味的周越然作品集的问世,正好较为圆满地回答了百岁老人周退密先生当年的诘问,对周越然研究有所推进也是可以预期的。

2016年12月18日

抒情长诗《坟歌》

在中国现当代文学史上，欧阳山多产，从最初的小说《玫瑰残了》起，短中长篇高达三十多部，尤以1940年代的《高干大》和1960年代的"一代风流"：《三家巷》《苦斗》为著名。但鲜有人知道他以写抒情诗起步，他的抒情长诗《坟歌》还是在香港出版的。

查《民国时期总书目》《中国现代文学总书目》《中国新诗书刊总目》，都没有《坟歌》，《香港文学大系（1919—1949）》诗歌卷也未提到。再查《中国现代作家大辞典》，欧阳山词条"著作书目"中，倒有"《坟歌》（诗集）1927，香港受匡书店"这一条，但编者显然未见原书，因为《坟歌》的出版年份不是1927年，而是1928年。所以，我虽不敢说手头的《坟歌》是孤本，但可肯定极为少见。

《坟歌》封面设计别致，黑红套色，为一对青年男女头像，男的正亲吻女的面颊。封面署"坟歌 壹角小丛书第二种 受匡出版部印行"，版权页作"付印：1928.4.30 出版：1928.5.1 印数：1—3000"，而"受匡出版部"的地址则有两个："香港：中环砵甸乍街33号3楼；广州：惠爱路昌兴新街20号"。还应提到，《坟歌》为

64开本，是小巧玲珑的口袋本。

有趣的是，《坟歌》封面和版权页上均未印作者名，但书后所附"壹角小丛书"书目已注明"坟歌 罗西作"，书前《〈坟歌〉的序言》落款又是"罗西，十六年九月三十日"。罗西是欧阳山前期最常用的笔名，据此两点，《坟歌》出自欧阳山之手已不存疑义。

对于《坟歌》，作者在序言中交代得很清楚："这是我的一首很长的抒情诗"，"一首我自许为至情的作品；当然是不会适合于革命文学的人们的脾胃的"。当时"革命文学"正风行一时，作者这样表白，可见对"革命文学"颇有所保留，这是需要一点勇气的。不过，他后来还是投身于"革命文学"的洪流了。这是后话，暂且按下不表。

《坟歌》"很长"，长到什么程度？全诗二百节，每节四行，共八百行之多，堪称名副其实的抒情长诗。不消说，从《坟歌》书名，就可猜出这是一出爱情悲剧，写爱情走向了终结，走向了坟墓。诗以第一人称写，写"我"（男）与"你"（女）的感情纠葛，尽力铺陈"我"与"你"由火炽热恋走向情断义绝，尤其对"我"与"你"各自的过失都有所批评。全诗写得大胆，写得坦诚，写得缠绵悱恻。年轻人在爱情失败时必然经历的感情煎熬过程，欧阳山用他的诗笔表达得淋漓尽致，确可称得上是一部至性至情之作。且录其中的数节：

假使我死后,
在那凉人的五更!
我定将泥蘸珠露,
把我的哀歌写成!

那时是四野无声,
我就把我的卑污创造!
我将心血织在叶上,
让人们把它焚扫!

在众鸟噪林之先,
我把我的哀歌独唱!
不惜惊破了他们的好梦,
我只要我的歌声清朗!

我要唱到上帝垂泪!
我要唱到太阳步停!
人们听了这歌儿,
便要长睡不醒!

回顾中国新诗史,长诗并不多见。新文学第一个十年,可以称之为长诗的作品，只有刘半农的《敲冰》，朱自清的《毁灭》，冯至的《吹箫人》《帷幔》，王独清的《威尼市》，郭沫若的《瓶》，闻一多的《剑匣》《李白之死》，白采的《羸疾者的爱》等十余首而已。其中，《瓶》《帷幔》等都是写爱情的。与它们相比，欧阳山的《坟歌》也许显得逊色，但毕竟能在早期新诗中占有一席之地。可惜，他无以为继。

2016年12月25日

《她是一个弱女子》手稿本

2016年12月7日是郁达夫一百二十岁诞辰,日前他的《她是一个弱女子》手稿影印珍藏本由中华书局上海聚珍文化出版了。

在郁达夫小说创作史上,中篇《她是一个弱女子》占着一个特殊的位置。小说以1927年"四·一二"事变前后至"一·二八"事变为背景,以女学生郑秀岳的成长经历和同性恋情感纠葛为主线,描绘了她和冯世芬、李文卿三个青年女性的不同人生道路和她的悲惨结局。小说的构思和写作过程,作者在此书后叙中有所交代:

> 《她是一个弱女子》的题材,我在一九二七年(见《日记九种》第五十一页一月十日的日记)就想好了,可是以后辗转流离,终于没有功夫把它写出。这一回日本帝国主义的军队来侵,我于逃难之余,倒得了十日的空闲,所以就在这十日内,猫猫虎虎地试写了一个大概。

1932年3月31日,《她是一个弱女子》由上海湖风书局付梓,4月20日出版,列为"文艺创作丛书"之一,印数1500册。据唐弢查考,此书出版后不久即被当局指为"普罗文艺"而禁止发行。后上海现代书局接收湖风纸型于当年12月重印,但为了躲过检查,倒填年月作"1928年12月"初版,又被当局加上"妨碍善良风俗"罪名下令删改。次年12月,删改本易名《饶了她》重排出版,不到半年又被当局认定"诋毁政府"而查禁。此书命途如此多舛,在中国现代文学史上并不多见。

《她是一个弱女子》手稿书于名为"东京创作用纸"的200格(10×20)稿纸之上,黑墨水书写,共一百五十四页(绝大部分一页二面,也有个别一页一面),又有题词页一页,对折装订成册,封面郁达夫亲书:"她是一个弱女子"。除了封面略为受损和沾上一些油渍以及第二十一页左面撕去一部分外,整部手稿有头有尾,保存完好,只是作于1932年3月的后叙,未包括在这册手稿本中。

翻开《她是一个弱女子》手稿本,第一页就有个不小的发现。此书初版本题词页上印有:

> 谨以此书,献给我最亲爱,最尊敬的映霞。
>
> 一九三二年三月达夫上

但是手稿题词页明明写着:

> 谨以此书,献给我最亲爱,最尊敬的映霞。五年间的热爱,使我永远也不能忘记你那颗纯洁的心。
>
> 一九三二年三月达夫上

不过，后一句又被作者全部画掉了。由此可知，这段题词原来有两句，但最后付梓时，郁达夫删去了后一句，仅保留了第一句。为什么要删去？耐人寻味。

经与《她是一个弱女子》初版本核对，又可知这部手稿既是初稿，又是在初稿基础上大加修改的改定稿，颇具研究价值。手稿本从头至尾，几乎每一页都有修改，大部分用黑笔偶尔用红笔的修改，或涂改，或删弃，或增补，包括大段的增补。有时一页修改有九、十处之多，还有一些页有不止一次修改的笔迹。而且，从钢笔字迹的粗细不同，可以判断作者至少对全书修改过三次。且举一例。

小说第二十一章写到女主人公郑秀岳和吴一粟坠入爱河，手稿有这么一段：

> 这时候黄黄的海水，在太阳光底下吐气发光，一只进口的轮船，远远地从烟突里放出了一大卷烟。从小就住在杭州，并未接触过海天空阔的大景过的郑秀岳，坐在海风飘拂的回廊阴处，吃吃看看，和吴一粟笑笑谈谈，觉得她周围的什么都没有了，只有她和吴一粟两个人，只有她和他，像是亚当夏娃，在绿树深沉的伊甸园里过着无邪的日子。

手稿修改后的定稿，也即初版本所印出的则作：

> 这时候黄黄的海水,在太阳光底下吐气发光,一只进口的轮船,远远地从烟突里放出了一大卷烟雾。对面远处,是崇明的一缕长堤,看起来仿佛是梦里的烟景。从小就住在杭州,并未接触过海天空阔的大景过的郑秀岳,坐在海风飘拂的这旅馆的回廊阴处,吃吃看看,更和吴一粟笑笑谈谈,就觉得她周围的什么都没有了,只有她和吴一粟两人,只有她和他,像亚当夏娃一样,现在坐在绿树深沉的伊甸园里过着无邪的原始的日子。

显而易见,经过修改补充的手稿定稿更细腻,更生动,更好地烘托出主人公两情相悦的欢快心情。

历经八十多年风雨沧桑,《她是一个弱女子》完整的同时也是十分珍贵的手稿得以幸存于世,确实是郁达夫研究的大幸,同时也是中国现代作家手稿研究的大幸。这部手稿得以完好地保存,郁氏后人功不可没。手稿的影印出版,又为我们进一步打开探讨这部备受争议的郁达夫小说的空间提供了新的可能。

2017年1月1日

徐訏与叶灵凤合作《天天日记》

翻开中国现代文学史册,叶灵凤先是"创造社小伙计",后为"新感觉派"之一员,到香港后又成为书话大家;徐訏是有个人鲜明风格的小说家,以短篇《鬼恋》和长篇《风萧萧》等风行一时。他俩又先后到香港,后半生在香港度过,成为香港文学史上不可或缺的重要作家。但是,他俩在香港似少有交集。而今一部《天天日记》的重见天日,证明他俩在香港还是有过一次成功的合作。

这本《1956天天日记》,1955年12月香港二天堂印务公司印行,友联书报发行公司经销,小32开本精装,厚达四百三十页。《天天日记》每天一页,卷首有《扉语》,卷末有《栅语》,均由徐訏撰写;每月之前又有当月《献辞》,共十二篇,也均出自徐訏手笔;每周之前又有《星期扉页》,共印五十三幅古今中外名画,由叶灵凤选辑并撰写或翻译说明文字。值得注意的是,日记的"编辑者"为薛志英、彭成慧,前者正是张爱玲长篇《秧歌》在《今日世界》月刊连载时的插图作者。日记《编后语》云:

> 徐訏先生是毋庸介绍的文艺作家,他的作品,差不多是每个他的读者所衷心喜爱的。他为我们撰写了《扉

语》,十二个月《献辞》和《栅语》;蕴藉的笔调,而有哲理的启发,使这本日记格外生色。

五十三幅《星期扉页》的图,除了私人藏书最富、艺坛人物最熟的叶灵凤来选辑,是不可能作第二人想的。这些画,尽管是简单的黑白线条,每一幅的作风和思想,都充分表现作者的生命活力。
对于为什么要记日记?徐訏在《扉语》中是这样分析的:

> 在以前没有镜子没有照相的时代,我们都看不见自己的容貌。如今我们每个人都有照镜子照相片的习惯,镜子与照相变成人生中少不了的道具。日记也正是同镜子与照相一样,它可以使人看到自己的生活。……如果你的房间里喜欢挂自己的照相与镜子,那么你就该有日记的习惯,照相是你过去的容貌,镜子是你现在的容貌;而日记则是生活的照相与镜子,也就是你过去与现在心灵的容貌。

徐訏到底是学心理学和哲学出身,把日记的性质和功用解释得如此贴切,如此富于哲理,颇收深入浅出之效。再看叶灵凤读画,且举他对马杰尔风景木刻《秋林》的释读为例:

> 这是非常美丽的一幅木刻。你看,秋林,田野,脱了叶的大树,透过树枝所见到的天空,表现得如何潇洒空

旷。这是一首牧歌，同时也是一首田园抒情诗。我时常对了这幅木刻出神，幻想在这样的秋空下，在这样的田野上散步，该是一件怎样愉快的事。

短短几句，就对这幅木刻做了生动的解说，令读者感到亲切和温馨，沉浸在木刻画面和叶灵凤优美文字的意境之中。

还有必要补充的是，日记在每个月《献辞》之后，还选刊了当时香港当红女影星和女歌星的玉照，她们依次是尤敏、朱缨、李湄、李丽华、林翠、林黛、翁木兰、葛兰、欧阳莎菲、钟情、韩菁清和丽儿十二位。而且，每页书眉又都印上一小段古今中外经典作家的名言隽语。凡此种种，都足见编者的匠心，努力使这部《天天日记》既有文化含量，又雅俗共赏。

笔者所藏《天天日记》是一位不知名字的香港读者使用过的。有趣的是，他没记日记，而是记录了马塞尔著《巴赫》和罗曼·罗兰著《亨德尔》的摘抄，想必是位古典音乐爱好者。由此推测，当年《天天日记》该是受到香港读者欢迎的吧？

2017年1月8日

从《呐喊》再版本说起

《呐喊》1923年8月由北京大学新潮社初版,是鲁迅的第一部短篇小说集,也是中国新文学史上划时代的经典之作,本不必我再饶舌。但最近见到《呐喊》再版本,觉得还可再说。

《呐喊》再版本在初版本问世四个月之后,即1923年12月仍由新潮社印行。封面装帧与初版本相同,深红色之上仅印书名和作者名,书脊上除了书名、作者名,下部还印有"新潮社文艺丛书",朴实无华。扉页也仍然与初版本相同,右侧印"文艺丛书 周作人编 新潮社印",中间印书名"呐喊",左侧印"鲁迅著"。版权页除了出版时间印作"一九二三年八月初版 一九二三年十二月再版","著者鲁迅 编者周作人 发行者新潮社"仍与初版本相同,但"印刷者"却已不同,初版本为"京华印书局",而再版本改作"京师第一监狱"。换言之,《呐喊》再版本是由"京师第一监狱"印刷的,看来北洋时期就已由监狱犯人印书了,十分有趣。为此,唐弢后来在《闲话〈呐喊〉》中还打趣道:"说句笑话,鲁迅先生和那时的'囚犯'偏偏特别有缘……"此外,还有一个明显的版式不同,《呐喊》初版本是大32开毛边本,我所见的再版本则是32开光边本,是否再版本全部都是光边本,抑或也是毛边本后来有一部分切成了光边,待考。

值得注意的是,再版本版权页上半部分印的"新潮社文艺丛书目录"。"目录"共有七种(第三种即《呐喊》,目录中未再列):"(1)《春水》,冰心女士诗集";"(2)《桃色的云》,爱罗先珂童话剧,鲁迅译";"(4)《华鬘》,周作人译,希腊英法日本诗歌及小品三十余篇";"(5)《纺轮故事》,法国孟代作,C. F. 女士译,童话十四篇";"(6)《山野掇拾》,孙福熙作,游记八十二篇";"(7)《托尔斯泰短篇小说》,孙伏园译",第七种后来未出版。引人注目却又使人困惑的是周作人译《华鬘》,在周作人生前出版的各种著译中找不到这本《华鬘》,那么《华鬘》到底出版了没有?"新潮社文艺丛书"中确实有一本周作人的翻译集《陀螺》,1925年9月由新潮社初版,已改为"新潮社文艺丛书之七"而不是第四种了,第四种由《纺轮故事》取代。《陀螺》内容正是希腊日本及其他各国诗歌,共二百七十八则。因此,可以断定《华鬘》是《陀螺》的原名,但未出版,出版了的《陀螺》正是《华鬘》的扩充版。

当时,这种更改原定且已做了广告的新文学书名的做法并不鲜见,再举个有代表性的例子。李金发1926年9月由商务印书馆初版的《雕刻家米西盎则罗》("文学研究会丛书"之一)中有"本书著者的其他作品"目录,第四种作"《荒年的食客》(诗集)(即出)北新书局出版"。但是在已经出版的李金发著作中,并无这本《荒年的食客》。实际情形是,八个月之后,即1927年5月北新书局出版了李金发的诗集《食客与凶年》，列为"新潮社文艺丛书"之一（未标序号）。因此，也可以断定《食客与凶年》即为《荒年的食客》。不知李金发这个书目，也就不知《食客与凶年》还有个《荒年的食客》的原名。

《食客与凶年》为"新潮社文艺丛书"最后一种，这就不能不再说这套丛书了。研究者一直对孙伏园主编《晨报副刊》《京报副刊》津津乐道，当然不错，然而，孙伏园1920年代主持新潮社出版部的历史功绩也不可没，现在却几乎无人提及。他倡议编选这套文艺丛书，得到了周氏兄弟的鼎力支持。周作人亲自出任丛书主编，这大概也是他唯一一次担任文学丛书的主编，列为丛书第八种的李金发诗集《微雨》也是他亲编的。不过，《呐喊》是鲁迅自己编定的，这有鲁迅日记为证。1923年5月20日鲁迅日记云："下午子佩来。伏园来，赠华盛顿牌纸烟一合，别有《浪花》二册，乃李小峰所赠托转交者，夜去，付与小说集《呐喊》稿一卷，并印资二百。"同日周作人日记也有下午"伏园来"的记载，当天孙伏园一定在周氏兄弟家吃便饭，三人也一定谈兴甚浓。从中又可得知《呐喊》的印费二百大洋原来还是鲁迅垫付的。当然，孙伏园后来分两次归还了鲁迅，否则，《呐喊》就成了鲁迅又一本自费出版的书了。

不幸的是，从某种意义讲，可以视为鲁迅和周作人合作推出的《呐喊》在出版之时，即1923年8月，兄弟已经失和。鲁迅日记1923年7月14日云"是夜始改在自室吃饭，自具一肴，此可记也"，7月19日云"上午启孟自持信来，后邀欲问之，不至"，即为发端。尽管如此，《呐喊》初版和再版本的扉页和版权页仍赫然印着"周作人编"，为兄弟两人此次合作留下了一个珍贵但又遗憾的记录。

2017年1月15日

马博良与《文潮》

去年11月到港,在旺角序言书室偶见一本《半世纪掠影:马博良小说集》,2013年9月香港中华书局初版,列为梁秉钧、黄淑娴主编的"1950年代香港文学与文化丛书"之四。书已问世三年多了,我才见到。

马博良的大名于我当然并不陌生,但也说不上熟悉。读《半世纪掠影》正好可以补课,补我1940年代后期上海文学史知识之阙,也补我1950年代香港文学史知识之阙。因为这本小说集所收十一篇中短篇小说,从首篇《春天的豺狼》到《东交民巷的曼陀罗华》,七篇都作于40年代的上海,选自他的小说集《第一理想树》,只有《雪落在中国的原野上》《秋天乘马车》《烟火》《太阳下的街》四篇才作于50年代的香港。如果把这本小说集列入"1940年代上海文学与文化丛书"(假设有这么一套丛书的话),倒也很合适。仅此一点,也可说明1950年代、1960年代香港文学与1940年代上海文学之间确实存在十分密切的关系。

马博良的文学身份多种多样,既是小说家,更是诗人,还是编辑家。他的文学生涯分为上海时期和香港时期,两者既互相关联,又各具特色。他1950年代在香港创办《文艺新潮》,倡导现代主义文学思潮，已为不少论者论及，但他1940年代在上海主编《文潮》月刊，似乎讨论者还不多。

《文潮》1944年1月创刊于上海。当时马博良还只是一个普通的在读大学生，却已担起主编的重任。他在《半世纪掠影：马博良小说集》的自序中回忆，他在《文潮》创刊词中指出"这世界，已呈现出空前的混乱动荡和不安"。正是因为"理想和现实相继崩溃毁灭"，所以他要"以行动、立论和创诗，力辟荆途"。《文潮》总共出版了七期，即1卷1至6期和2卷1期（革新号），1945年3月革新号推出后，《文潮》停刊。

《文潮》编者虽然年轻，内容却丰富多彩，有声有色。为《文潮》撰稿的作家，举其大端，有吴伯箫、予且、秦瘦鸥、施济美、周楞伽、谭惟翰、陈汝惠、李同愈、毕基初、王余杞、钟子芒、耿林莽、胡金人、应寸照等，他们中或1930年代就已驰名文坛，或1940年代崭露头角，均是京沪文学圈颇为活跃的中青年作家。其中，丁谛连载的长篇《文苑志》、董乐山以麦耶笔名发表的小说《孟家姑嫂》、董鼎山以田妮笔名发表的小说《白色的矜持》、雷妍的小说《悲凉》都值得注意。马博良自己也以龙腾笔名发表了中篇处女作《第一理想树》，更不能不提。吊诡的是，吴伯箫当时远在陕北，音信断绝，却接连在《文潮》发表了报告文学《云南的下层》，小说《红嘴乌鸦》《疯》《狼狗》等作品，他通过什么途径向马博良投稿，或者说马博良是怎么得到他的作品的？这是个谜。

特别应该提到的是，马博良以主编身份为每期《文潮》写的

《每月小说评价》，对当时上海大小文学杂志刊出的各种小说一一点评，不但显示了他的独到见解，也保存了重要的文坛史料。且看他在《文潮》创刊号上对张爱玲《倾城之恋》的批评，自成一说：

> 这篇《倾城之恋》，不就是《乱世佳人》的影子吗？柳原岂非白瑞德，而流苏也像郝思嘉。最近发表的《金锁记》也有《红楼梦》的影子，据说女主角曹七巧实在是王熙凤的化身，这样虽然无损于作品的成功，但于作品的声价却有影响。其次，作者喜欢用旧章回小说里的口气，加上现有的风派，长此下去，无异替自己套上锁链，不但很少发展的机会，还有流入张恨水捉刀人一类作品的危险。

2017年1月22日

大年初一

以前写过一篇小文,介绍鲁迅、胡适、郁达夫、林语堂等作家当年怎样过公历元旦,今天再来写一写周氏兄弟当年如何过旧历新年。

笔者仍然采取老办法,选定旧历甲戌年正月初一,即公历1934年2月14日这一天和前一天癸酉除夕,比较周氏兄弟的日记是如何记载的。

鲁迅2月14日日记云:"旧历壬戌元旦。晴。晨亚丹返燕,赠以火腿一只、玩具五种,别以火腿一只、玩具一种托其转赠静农。下午得静农信,十一日发。晚寄小峰信。"把甲戌写成壬戌是鲁迅笔误。亚丹即翻译家曹靖华,当时正旅居上海,大年初一返回北平。他前几天拜访鲁迅时,送了鲁迅"果脯、小米"等不少礼物,所以鲁迅回赠火腿和小孩玩具等。鲁迅又托曹靖华带给另一位作家台静农新年礼物。曹靖华和台静农都是鲁迅在北京时培养的文学青年,未名社的主要成员,一直对鲁迅执弟子礼,一直与鲁迅保持交谊。鲁迅喜欢吃火腿,他送友人厚礼常送火腿,最有名的是他去世前不久托人辗转赠送火腿给在陕北的毛泽东。这次他送曹靖华、台静农火腿,也说明他与曹、台两人关系之密切。

前一天即2月13日癸酉除夕，鲁迅日记有这样一条记载："下午同亚丹、方壁、古斐往ABC吃茶店饮红茶。"这条记载较为重要。这是鲁迅介绍他所信任的两位上海左翼文学界的代表人物给曹靖华，方壁即作家茅盾，古斐即作家胡风，都曾在中国左翼作家联盟担任要职，都是中国现代文学史上不能忽视的人物。这次饮茶，鲁、茅、胡、曹四人一定谈笑甚欢吧？鲁迅这一年的除夕和大年初一过得平常而又放松，充满日常生活气息，但又别有深意。

远在北京的周作人的甲戌大年初一则是另一番模样。他当天日记云："上午信子为理发。下午同家十人往看母亲。又至厂甸一看，无所得，只拾得一二小册耳。玄同来谈，十时去。席珍夫妇来访，不值，留赠食物四色。"大年初一周作人率全家给住在西三条的母亲鲁瑞拜年，这是题中应有之义。有意思的是，他这天下午还去了厂甸访书。北京厂甸阴历新年（大年初一至正月十五上元）的庙会很名，对周作人颇具吸引力。甲戌大年初一到厂甸访书，周作人后来写成《厂甸》一文详述之，文中说："二月十四日是旧元旦，下午去看一次，十八十九廿五这三天又去……摊上书少而价高，像我这样'爬螺蛳船'的渔人无可下网。然而也获得几册小书，觉得聊堪自慰"，"小书"中有李莼客《白华绛柎阁诗》十卷和关于陆氏《草木鸟兽虫鱼疏》的"丛书零种"等。这天有两批访客，老友钱玄同来得晚，却与周作人谈至晚十时才归。另一作家孙席珍来得早，反而未能见到外出拜年的周作人。孙席珍当时常到八道湾走动，后来他编选的《现代散文选》也请周作人作序。

至于前一天2月13日除夕，周作人日记的记载也很有趣："今日癸酉除夕。下午悬神像，晚设祭。译松本文三郎文，末了，拟予吴检斋君所刊《文史》定期刊也。"当时国民政府明令废止旧历新年，但老百姓包括知识分子还是看重旧历新年，周作人家中除夕敬神祭祖即是一个明显的例证。必须一提的是，周作人除夕也不闲着，还在忙着翻译日本作家松本文三郎的文章，可见其勤奋。此文为《指鬘故事的进化》，后于2月16日译竣，发表于吴承仕主编、同年4月出版的《文史》创刊号。

2017年1月29日

签名本之缘（上）

我与签名本发生因缘，比我从事中国文学史研究还要早。

1965年秋，我升读高一。不到一年，"文革"爆发。"文革"中，我是"逍遥派"，常去看望我的干妈范霞女史。她从事俄文翻译，好像专译苏联儿童文学作品。我在她书架上见到了许多"封资修"大毒草——中外文学经典和文艺理论书。这些书中，一部分是她自己的，另一部分是她前夫蒯斯曛先生的。出于好奇，我常向她或借或讨，她从不拒绝，但总会提醒我：小心些。我知道她的意思，这些书如果流传出去，很可能惹祸。

这样，一些书就到了我这里，留在我这里了。以前我撰文介绍过的黄裳先生译屠格涅夫《猎人日记》特制精装本，即为其中之一。现在手头还有两本，一本是丁景唐先生著《学习鲁迅和瞿秋白作品的札记》，1959年7月上海文艺出版社新一版，前环衬有作者的绿笔题字：

  蒯斯曛同志指正　丁景唐赠

另一本更特别。作者后来人人皆知，为"四人帮"之一的姚文元。这是一本对现当代作家罗织罪名、大加挞伐的书,书名《论文学上的修正主义思潮》,1958年7月新文艺出版社第一版,扉页上有他的蓝黑钢笔题字:

蒯斯曛同志指正　姚文元 2/8

这两本书无疑都是签名本。这是我收藏签名本之始,那时我对"中国现代文学"几乎一无所知。

1976年10月,"四人帮"倒台之后,我参加了《鲁迅全集》书信卷的注释工作,我的中国现代文学研究也由此起步。后来,由于注释工作的需要,有机会读到1959年7月北京鲁迅博物馆编印的"内部资料"《鲁迅手迹和藏书目录》,发现鲁迅藏书中许多新文学作品都是作者或译者的签名本,以鲁迅在中国新文坛的显赫地位,他的同辈或后辈作家把自己的著译送请其指教,真是再正常不过。但这也提醒我,从签名本切入,或也可考查作家的交游。

在北京参加鲁迅书信注释工作期间,我曾在中国书店灯市口门市部购得一批赵燕声旧藏,都是较为少见的关于鲁迅的著述,包括台静农编《关于鲁迅及其著作》、含沙(王志之)著《鲁迅印想记》等。数年之后,读到唐弢先生《〈鲁迅论集〉序》,始知赵燕声非等闲之辈,是研究中国现代文学文献学的先驱。这批赵燕声旧藏大部分有他本人签名,有的还有"一九××年×月×日购于东安市场 赵燕声"等字样。于是,我又知道了签名本有许多不同的种类，书刊收藏者本人的签名也应归入签名本之列。

我自己第一次购买现代文学作家的签名本，是在1984年秋天了。那天路过上海淮海中路上海书店门市部（现早已不复存在），无意中见到柜台内书架上有一本巴金先生的《忆》，为"文学丛刊"第二集之一，1936年8月文化生活出版社初版。我要求营业员取出一看，拿到书方才发现竟是巴金的早期签名本，当时抑制不住内心的激动，立即购下。为了弄清此签名本上款的"彼岸先生"为何人，我还曾请柯灵先生向巴金本人求证。后来，我在《我所知道的巴老二三事》文中还专门提到这件事。

我写的第一篇专门讨论签名本的文章是《〈边城〉初版签名本》，发表于1990年12月台北《文讯》第52期。这本1934年10月生活书店初版《边城》签名本得之于倪墨炎先生的割爱，当年是沈从文送给他夫人张兆和的同学潘家延的，我在文中认为它"很有可能是现存最早的沈老签名本，那就不能不用'弥足珍贵'四个字来形容了"。那时除了姜德明先生，大陆很少有人重视和讨论签名本。后来我又写了《傅雷父子的签名本》《我买到了萧友梅签名本》《签名本谈屑》等小文，算是我在签名本研究上的投石问路。

2017年2月5日

签名本之缘(下)

从1990年代初起,我开始有意识地搜集现代作家签名本,尤其是我所感兴趣的现代作家1949年以前的签名本,因为只有这样的签名本才具有完整意义上的实时即地性。获得签名本的途径,不外冷摊偶得之,旧书肆觅得之,后来又发展到参加大小拍卖会和"微拍"拍得之,还有师友的热情馈赠。较为得意的是,得到了一批林语堂的旧藏,其中有胡适、周作人、丰子恺、梁宗岱、老舍等题赠林语堂的著译。还有一件趣事也值得一说。我在北京中国书店首届大众拍卖会上拍得施蛰存先生的第一部散文集《灯下集》,1937年1月开明书店初版,是其毛笔题赠沈从文者,拿去给施先生看,没想到他老人家不以为然,说:"你花那么多钱干什么!"吓得我把请他在书上再题写几句的话咽了下去。但我还是认为,签名本自有其特别的价值,或许也可成为研究中国现代文学史的一个新的切入口。

2005年5月,香港中文大学举行卢玮銮教授藏书捐赠仪式,我应邀出席并发表了讲演《签名本和手稿:尚待发掘的宝库》,这是我对现代作家签名本问题的一个较为系统的思考。我认为研究签名本的意义是多方面的,"从签名本中可以考察作者的文坛交往,以至了解作者著书缘起"，也可能会提供进一步研究作品的线索和鲜为人知的史料。我后来进一步认识到，这些年来，研究中国现代文学史的同行一直试图在文学史写作上有所突破，我自己就曾参与过《中国现代文学编年史——以文学广告为中心》的写作。那么，以签名本为贯穿的主线写部别具一格的现代文学史，也未始不是一个有益的尝试？

然而，想想可以，如真要付诸实施，谈何容易。首先，现代文学史上各个时期代表性作家的签名本有多少还留存至今？新文学之外的现代作家长期被冷落，他们的签名本更是凤毛麟角。个人的微薄收藏根本无法支撑文学史的庞大框架，即便动用图书馆、纪念馆的馆藏和其他藏书家的收藏，仍然会有许许多多这样那样乃至极为重要的缺漏。其次，此书如何结构，用什么样的文体来表述？也是一个很大的挑战。因此，这几乎是一个无法实现的美梦。既然如此，那我只能退而求其次，先把我自己收藏的签名本的来龙去脉和这些签名本与文学史的各种关联写出来吧。于是，从2007年8月起，我为上海《文汇读书周报·书人茶话》撰写"签名本小考"专栏，断断续续，至2010年5月，总共写了二十篇，还在海内外别的刊物上发表了几篇，应该可以凑成一本书了。

当时苏州王稼句兄正为山东画报出版社主持"'书虫'系列"，我这本写签名本的小书也有幸被列入，预告了多时，却始终未见出书，以至许多海内外友人不断询问。去年海豚出版社俞晓群兄多次向我表示，希望在他荣休之前，继已出版的《张爱玲丛考》

之后，再为我出本书。俞兄盛情可感，于是我就把书稿稍加董理，略做修订，交付海豚社，以了却我十年的一桩心愿。

此书书名三易其稿，最初名曰"签名本物语"，后改为"签名本小考"，最后才是"签名本丛考"，这是必须说明的。全书按所讨论的签名本出版时间先后编排，凡目录中未注明的都是初版本。其中自周作人译《陀螺》至唐弢《识小录》止二十二种都是1949年以前出版的，只有五种，即艾青《西北剪纸集》、陈从周《徐志摩年谱》和郭沫若《沫若文集》第一卷，再加上李健吾《〈圣安东的诱惑〉等三种》中论及的《头一个造酒的》及《山东好》是1949年以后出版的，但这几位作家一般也都被认为是现代作家。而且，除了卞之琳著《三秋草》的题签是1960年后题写的之外，其余均为作品出版之后即予题写。因此，这本《签名本丛考》所讨论的著译应视为中国现代文学史上签名本的一鳞半爪，也可视为我的签名本系列研究的第一个成果。如果时间允许，我还会续写《签名本丛考》二集、三集……

2017年2月12日

巴金著作盗版本

巴金的著作多次被盗印。他在《谈版权》一文中公开表示："在作家中我可以算做不幸的一个：我的作品的盗版本最多，有的'选集'里甚至收入了别人的文章。"并且告诉我们："几十年来我一直在为自己作品的'版权'奋斗，我的书橱里至今还有一大堆随意拼凑、删改的盗版图书。作品的面目给歪曲了，我不能不心痛。"有研究者已写出了《巴金与盗版书》，把巴金作品的盗版书分为"著作单行本"、"作品选集"和"盗名冒名书"三大类。（刘屏：《一个小老头，名字叫巴金》，2003年11月天津社会科学院出版社版）

一个偶然机会，见到一批共九种巴金著作。其中上海开明书店版五种。小说《春天里的秋天》，1949年3月二十版；《爱情的三部曲之三·电》，1949年3月分六版（《爱情的三部曲》有《雾》《雨》《电》三种，先分册出版，后合成精装本一册，再重新分册出版，故称"分六版"）；《火》第一部，1949年1月十一版。散文集《点滴》，1949年2月十一版；《梦与醉》，1948年3月十版。上海文化生活版四种：小说《发的故事》，1948年10月八版；《神·鬼·人》，1949年2月十一版；《马赛底夜》，1948年2月十版；《爱底十字架》，1949年2月八版。这四种书上均印着列为"文学丛刊"之一。

有趣的是，九种巴金著作的版次均在1948年至1949年之间。由于巴金著译的版次至今未见系统的梳理（鲁迅著译已有周国伟编著《鲁迅著译版本研究编目》，1996年10月上海文艺出版社版，对鲁迅每一种著译的每一版每一次印刷都有明确记载），所以尚无法确定这九种巴金著作的版次是否1949年以前的最后一版。但从开本大小、版式、装帧和用纸等方面仔细辨认后综合判断，这九种著作里至少前七种盗印正版的可能性极大。

特别值得注意的是，《爱底十字架》和《马赛底夜》两种短篇小说集。由巴金主编、文化生活出版社出版的十集一百六十种"文学丛刊"中，并无这两种小说集。巴金也没有在别的出版社出版过这两种小说集。那么，它们从何而来？

《爱底十字架》的目录是：《序》《爱底十字架》《我底眼泪》《一封信》《苏堤》《生与死》《奴隶底心》《狗》《好人》《光明》。而巴金1932年5月由上海新中国书局出版的短篇小说集《光明》的目录则为：《序》、《苏堤》、《爱底十字架》、《奴隶底心》、《好人》、《狗》、《光明》、《生与死》、《未寄的信》、《我底眼泪》、《我们》、《最后的审判》（代跋）。两相对照，原来《爱底十字架》是《光明》的翻版，只不过把序改动了几句话，把《未寄的信》题目改为《一封信》，还删去了《我们》和《最后的审判》两篇，调整了前后次序，如此而已。

《马赛底夜》情况复杂些。此书目录是：《序》《马赛底夜》《堕落的路》《幽灵》《罪与罚》。而巴金1933年2月由上海新中国书局出版的短篇小说集《电椅》的目录则为：《灵魂的呼号》（代序）、《白鸟之歌》、《电椅》、《父与子》、《罪与罚》、《堕落的路》、《马赛的夜》、《爱》。两相对照，《马赛底夜》其实是《电椅》的删节翻版，抽出《电椅》中的《白鸟之歌》等四篇，保留《马赛的夜》、《堕落的路》和《罪与罚》，增补一篇原收在巴金短篇小说集《将军》（1934年8月生活书店初版）中的《幽灵》，序仍是《电椅》的代序，真相由此大白。

当然，这么一大批不同类型的盗版本，从另一方面证明巴金著作的影响力，证明巴金确实拥有众多读者。同时也提醒我们，巴金著作的盗版本真是五花八门、名目繁多，除了据正版盗印、重新编选和伪作盗名冒名之外，还有据正版增删后改换书名的。研究巴金著作版本源流，不可不对各种盗版本予以注意。

2017年2月19日

梁遇春译《情歌》

西洋情人节刚刚过去,就得到一本梁遇春译注的《情歌》。此书1931年11月上海北新书局初版,狭长32开本,中英文对照,列为"英文小丛书"之一。

既然书名《情歌》,书中所收当然都是情诗,自中古起至劳伦斯·霍普(Laurence Hope)止,包括了P. 锡德尼(Philip Sidney)、莎士比亚、J. 多恩(John Donne)、R. 赫里克(Robert Herrick)、彭斯、柯尔律治、L. 亨特(Leigh Hunt)、拜伦、雪莱、济慈、丁尼生、布朗宁、C. G. 罗塞蒂(Christina Georgina Rossetti)、哈代等英国各个历史时期代表诗人的作品。这个译本是梁遇春所选还是有所本,已难于查考。不过,卷末有一篇附记,对英国情诗史做了提纲挈领的梳理,虽略长,还是移录如下:

> 这里所选的四十三首是代表英国四百年来的情诗。
> 从开头四首古诗到Thomas Campion止,都是十六世纪伊利沙伯时代的作品。甜适流利是它们共同的特色,不过有时有夸张太过的地方。可是它们音韵柔美,并且具有初

期文艺的新鲜色彩，所以能够不朽。

Donne虽然是属于伊利沙伯时代，他的作风却与他们不同，开了十七世纪用精深巧思入诗的先河。他的诗思想的成分极多，他的诗意就靠着这孳生不已的古怪想头。近代人们厌于滥调，因此对于Donne非常赞美，认为有近代情调的诗人。Herrick同他差不多，不过文字上珠圆玉润，有时免不了伤于纤巧。

十八世纪人们太喜欢讲无聊的道德了，而且爱装腔作势。他们的诗近于散文，拿来骂人倒是个工具，献与如花少女是有些不称，所以好情诗很少。十八世纪末期Robert Burns出来用单纯的土话同真挚的情调来唱情歌，写下许多永远有生气的杰作。他的诗豪爽英迈，完全没有当时假古典主义的毛病，的确放一异彩。

浪漫派作家（自Coleridge到Keats）把情诗的情调加多，凡是想起来的一切古怪想头都拿来入诗，同时又将诗里的意思弄得很精微玄妙，常拿整首诗浸在梦的境界里，总之Burns使情诗的文字得到解放，他们使情诗的内容得到解放。

Tennyson同Browning继浪漫派而起，Tennyson在文字上下了很深的工夫，颇得古代甜蜜声调的好处，不过又比它们复杂了许多。Browning的情诗诚恳动人，故意用粗糙的字眼，古怪的句法，因此更见得它的内容是多么诗的。

Rossetti是个含有无限哀怨的女诗人,她的诗极有韵致,又是那么单纯。

我们拿Hardy同Hope来代表近代情诗。Hardy颇有Browning之风。他诗的主要色彩是restraint,一点也不放纵,但是个个字好像都是心血凝成的,他的情诗多半是为忆念比他先死的妻子而作,全是极凄凉的悼亡词。Laurence Hope任情高歌出心中情绪,那种毫不顾虑的热烈同颓唐的心境是我们现代人所常有的,也就是生活苦闷所发的冲动罢。她现在还健在,也许"失望"着。

最后一首诗是《失望》,读者看了这许多情词,何妨尝滴苦水呢?

这篇附记当出自梁遇春之手。郁达夫在《〈中国新文学大系·散文二集〉导言》中赞许梁遇春为"中国的爱利亚",爱利亚是英国散文大师兰姆的笔名,可见郁达夫对他评价之高。梁遇春活了短短二十六岁就弃世而去,只留下《春醪集》《泪与笑》两本薄薄的散文集,但他已在中国现代散文史上英名永存。二十多年前,吾友吴福辉兄编《梁遇春散文全编》(1992年10月浙江文艺出版社版),颇下了一番功夫,但这篇委婉有致的《情歌》附记失收,故特补充之。

2017年2月26日

刘半农的《国外民歌译》

《国外民歌译》，大32开毛边，书脊印：

> 刘复 国外民歌译 第一册

扉页印：

> 刘半农国外民歌译第一册 一九二七年北京北新书局印行

版权页则为：

> 国外民歌译第一集 一九二七年四月初版 一九二七年六月再版 第001943号（笔者注：钤蓝色数字章）

这就是说，我所藏为再版本，编号1943号，再版累计印数很可能为2000册也。

此书有周作人的《周序》和刘半农的《自序》。书中收入刘半农据法文和英文翻译的法国各地以及英国、西班牙、希腊、罗马尼亚、土耳其、波斯、印度、尼泊尔、柬埔寨、高丽（朝鲜）等国的民歌。附录刘半农1923年5月在巴黎译著的《海外的中国民歌》一文（初刊1923年9月23日北京大学《歌谣周刊》第25号）。

五四新文学巨子关注民间，对搜集中国各地民歌、儿歌和民间文学作品表现出异乎寻常的热情，其中刘半农和周作人、沈兼士、沈尹默、钱玄同、常惠、顾颉刚、魏建功等都是积极分子。1918年2月1日，《北京大学日刊》发表《北京大学征集全国近世歌谣简章》，7月底周作人把所录的绍兴儿歌寄给刘半农。1920年12月，北京大学成立歌谣研究会。1922年12月，歌谣研究会又创办《歌谣周刊》。而刘半农赴法国留学后，又把关注的目光投向国外，锐意穷搜关于世界各国民歌的书籍，正如他在本书《自序》中所说的："我既然是个爱赏歌谣的人，自然不能专爱本国的，有时还要兼爱国外的。当我在国外的时候，虽然自己没有能就地采集歌谣，而五六年中所搜罗到的关于歌谣的书籍，也就不在少数（当然，现在还继续着搜罗）。回国以后，有时取出来看看，看到自以为好的，而又是方言俚语不太多，能于完全明白的，便翻出一章两章来。到翻了几十章了，就刻成小小的一本。"那就是这部《国外民歌译》第一册。

刘半农作于1927年4月9日的《自序》还提供了鲜为人知的新史料。序中开头说：

> 这已是九年以前的事了。那天,正是大雪之后,我与尹默在北河沿闲走着,我忽然说:"歌谣中也有很好的文章,我们何妨征集一下呢?"尹默说:"你这个意思很好。你去拟个办法,我们请蔡先生用北大的名义征集就是了。"第二天我将章程拟好,蔡先生看了一看,随即批交文牍处印刷五千份,分寄各省官厅学校。中国征集歌谣的事业,就从此开场了。

其中提到的"蔡先生"实时任北大校长的蔡元培。从这段回忆可知,《北京大学征集全国近世歌谣简章》正是出自刘半农手笔,他是名副其实的中国现代歌谣研究的倡导者。

周作人则在序中表示"我平常颇喜欢读民歌",因为"这是代表民族的心情的,有一种浑融清澈的地方,与个性的诗之难以捉摸者不同,在我们没有什么文艺修业的人常觉得较易领会"。他把"民歌"提到了很高的高度,并且提醒到"文人把歌谣作古诗读,学士从这里边去考证古文化",而"我们凡人"有自己的理解"也似乎未始不可"。他肯定刘半农的译笔,强调刘半农"很有文学才能,新诗之外,还用方言写成民歌体诗一卷",所以用他的笔去"写民谣是很适宜的"。

想必受了周氏兄弟的影响,当时北新书局出版的文学书籍大都是毛边本,《国外民歌译》也不例外。我这本还是林语堂旧藏,除了两篇序,其余均未裁开,林语堂大概只读了这两篇序。

按照刘半农设想,他的《国外民歌译》"一本是决不会完的,两本三本也决不会完的……五本六本罢……十一二本罢"。但他食言了,《国外民歌译》出版了第一册后,再未见第二册问世。

2017年3月5日

荆有麟笔下的鲁迅与毛边本

中国新文学作品之有毛边本,出于周氏兄弟特别是鲁迅的倡导,鲁迅还自诩"毛边党"人,这早已有许多论者做过梳理。但是,鲁迅与毛边本因缘的具体细节,相隔约一个世纪,我们已难以知晓。

值得庆幸的是,有一个人在他的回忆录中对此做过追述,那就是荆有麟的《鲁迅回忆》。此书初名《鲁迅回忆断片》,1943年11月桂林上海杂志公司初版。抗战胜利后,回到上海的上海杂志公司又在1947年4月出版了此书"复兴一版",书名改为《鲁迅回忆》。

荆有麟(1903—1951)是山西临猗人,1924年在北京世界语专门学校求学时结识鲁迅,对鲁迅执弟子礼,《京报副刊》的创办与他的提议有关,他又参与鲁迅主持的《莽原》周刊的工作。《鲁迅回忆》是他1941年至1942年间在重庆陆续写成,写的正是他1924年至1926年间与鲁迅交往的点点滴滴,颇多鲜为人知的史料。在《鲁迅回忆》的第七章《鲁迅的严谨与认真》中,荆有麟专门写到了鲁迅与毛边本的关系。这段故实很少有人提及,照录如下:

> 中国印毛边书,是先生所主张,而且开创的。因为先

生看到，中国新装订的书，因看书人手不清洁，而看书，又非常之迟缓，一本还没有看完，其中间手揭的地方，总是闹得乌黑，因为那地方，沾的油汗太多了，等到看完了要收藏起来了，一遇天潮，书便生霉，再长久，就生虫。所以先生主张将书装订成毛边，待看完以后，将沾油汗的毛边截去，书便很整齐摆在架子上了，既新鲜，又不生霉。但看毛边书，却非常之麻烦，第一先用刀子割，不割是不能看。第二看完又得切边，不切边放不整齐。因此，一般买书的人，多不高兴要毛边，以此，先生第一次在北新书局印毛边书，就再三告诉北新老板李小峰，一律装成毛边，一本都不许切边，但等印成，李小峰将一二十本送给先生，预备供给先生赠人时，书却都是切好的了。先生当时火起来了，问李小峰，究竟怎么一回事？李小峰是这样答复的：

"一开始装订，我就将毛边的摆出去卖，但没有人买，要教我切了边才肯要，我看没办法，所以索兴都切了边。"

鲁迅先生马上说：

"那我不要切边的，非毛边的不行，你能将就买客，当然也可以将就我。切边的我决定不要，你带去好了。"

李小峰只得将截边的光本带回去，再为先生送毛边的去。此后为先生送的，虽然都是毛边，但寄到外埠分店的，还是切边本，在北平，恐怕先生看见不答应，便将毛边本送上街坊上了。待以后，毛边本成了时髦品，那只能又作别论了。

原来，后来成为毛边本大本营的北新书局，一开始并不看好毛边本，没有鲁迅的督促和坚持，毛边本很可能半途而废，无法推广。在这段回忆中，荆有麟首先肯定毛边本是鲁迅所主张，所开创。但他同时提醒我们，鲁迅之所以大力提倡毛边本，或有一个重要原因，就是从实用角度出发。书本的书口阅读时容易受污，制成毛边本，阅读后就可以将受污处再裁去，以保持书本的"新鲜"。

有必要指出，鲁迅本人并未对他为何那么喜爱毛边本做过完整的说明，他只在1935年7月16日致萧军信中说："我喜欢毛边书，宁可裁，光边书像没有头发的人——和尚或尼姑。"后来唐弢对此又加以引申和发挥，归结为"和尚、尼姑"说。（《"拙的美"——漫谈毛边书之类》）荆有麟的回忆不仅使鲁迅与毛边本的关系鲜活起来，而且也是一个必要的补充。也许可以这样说，鲁迅钟情毛边本，既注重其美观，同时也考虑到了实用的因素。

与鲁迅同时代的人，大概只有荆有麟写过鲁迅与毛边本，而且又写得那么细致，那么生动。而今，毛边本已成了读书界抢手的"时髦品"，重读荆有麟的回忆，不是很有意思么？

2017年3月12日

"芳邻"

"芳邻"这个词,"初唐四杰"之一王勃的名篇《滕王阁序》中用过:"非谢家之宝树,接孟氏之芳邻。"南宋词人张炎的《忆旧游》中也用过:"尚记得依稀,柳下芳邻。伫立香风外,抱孤愁凄惋,羞燕惭莺。"而今白话文中,"芳邻"这个词往往是"邻居"较为文雅的说法。

新文学作品中有以"芳邻"为题的。1948年12月,上海大家出版社出版的李白凤的中短篇小说集《芳邻》即为一例。李白凤多才多艺,以新诗名,也写小说,后来在书法和篆刻上也独树一帜。《芳邻》是他继《小鬼》《孩子们》《马和放马的人》之后的第四部,也是最后一部小说集。

《芳邻》收入了《人头》《芳邻》《校长太太》《荷莱吴小姐》等七篇中短篇小说,既然以《芳邻》为书名,可见作者自己对这篇《芳邻》是较为满意的。中篇《芳邻》写的是主人公"我"抗战时期在桂林租屋居住的经历,着重刻画"芳邻们"中的"两位泼妇"。一位"王太太"是"一个水性杨花的妇人,她不单爱自己的男人,而且爱着世界上所有被她看见的男人";另一位是"比王太太更明目张胆地去偷汉子"又"泼得像一只湖南辣椒"的寡妇。以至"我"所借住的"这个大杂院里,就被这两个女人支配着;一个是泼妇,另一个还是泼妇"。不幸的是,王太太正好住在寡妇楼上,她与另一位"芳邻"张先生幽会时,不小心把脸盆水倒翻,透过破旧的地板滴到楼下,于是引发两只"雌老虎"一场全武行。"在这幕丑剧演到最高潮的地方,张先生却轻轻地下了楼,然后从人丛中溜到街上去了。"小说到此戛然而止,而"芳邻"们的尊容也就通过作者的妙笔跃然纸上。

李白凤的《芳邻》是小说,只比他大两岁却早享文坛盛名的穆时英也写过一篇《芳邻》,却是散文。穆时英此文刊于1935年9月27日上海《大晚报·火炬》,是《穆时英全集》(2008年1月北京十月文艺出版社版)失收的集外文。这篇《芳邻》仅千余字,看作一则速写也未尝不可。此文以西班牙作曲家伊拉迭埃尔(S. Yradier)的名曲《鸽子》贯穿始终,写"我"迁入新居后,在清晨醒来听到邻居少女歌唱《鸽子》后的感受:

> 搬进新屋子的第二天早上,在梦中我听见一个少女的热情的声音在唱着《鸽子》,这西班牙的古典探戈曲,于是我醒了回来。窗外是那样恬静澄澈的天空!阳光愉快地在窗玻璃上跳跃着,是早上五点钟,清新而芬芳的时间。……
>
> 爬起来,吹着口哨穿衬衫的时候,我听见她的轻捷的脚声走下楼去。……只有那歌声在透明的,温煦的晨阳里

边飘荡着，飞着，往辽远的地方飞着。

这是八月么？不，我觉得这是四月，因为我嗅得到玫瑰的气味。

把脸浸在沁凉的冷水中，我高兴着。我将天天在梦中听着她的歌：《鸽子》，在明媚的歌声中醒来看见一个清新的早晨，和澄澈的青空么？而且天天站在窗边送着这歌声，送着这活泼的少女的背影么？

穆时英笔下的"芳邻"和她的歌声，那么亲切，那么美好，令他快乐，令他愉悦，令他充满遐想，显然与李白凤笔下的"芳邻"完全不同。

当然，现代文学作品中写"芳邻"最有名的应该是郁达夫的短篇《春风沉醉的晚上》，虽然题目并没使用"芳邻"这个词。这篇小说发表于1924年2月上海《创造季刊》第2卷第2号，是郁达夫前期创作的代表作之一，文学史上一直评价很高。在小说中，烟厂女工陈二妹是"我"在"外白渡桥北岸的邓脱路中间，日新里对面的贫民窟"里"间壁的同住者"。陈二妹这位"芳邻"的纯真、善良，对依靠笔耕谋生的"邻住者"的"我"的关心，凡读过这篇小说的，一定印象深刻，我就不必多说了。

2017年3月19日

倪贻德序《茂斋之画》

在中国现代文学史上，创造社作家倪贻德的名气不大也不小。他只比叶灵凤大四岁，但他既不属于以郭沫若、郁达夫、成仿吾等为代表的创造社元老，也不属于以周全平、叶灵凤等为代表的"创造社小伙计"。在创造社中，他的地位介于元老派和"小伙计"之间，与元老派相比，他是后起之秀，与"小伙计"相比，他又是先行一步，创作了《玄武湖之秋》等名作的作家。

倪贻德还是穿梭于文学和美术的"两栖"人士。创造社成员中，至少有四位与美术结下不解之缘。他们就是叶灵凤、叶鼎洛、许幸之和倪贻德。但倪贻德与叶灵凤又不同，他正式毕业于上海美术专科学校，还负笈东瀛专攻美术，后半生也以画家和美术教育家的身份扬名中国艺坛。可惜的是，倪贻德关于美术的众多论述，一直没有被很好地整理出版。

日前参观绍兴市图书馆，见到一册与香港有关的周茂斋《茂斋之画》第一辑，书前就有几乎被人遗忘的倪贻德的序。周茂斋（1900—1969）是国画家，浙江绍兴人，属后马周氏一支，擅写意山水，为1920年代越画新秀之一。《茂斋之画》第一辑1929年6月广州嘤鸣社出版，香港商务印书馆印刷。该书由书籍装帧家陈之佛作封面画，除了倪序，还有国画家潘天寿的序，书中收入《观瀑》《萧寺》《驿桥风雨》《松荫夜读》《写放翁诗意》等十六幅大小国画。倪序虽不长，却颇有见地，照录如下：

> 我对于国画的鉴赏程度很浅，对于国画的理论也很少涉猎，茂斋兄索序于我，那真是难住我了。不过东西艺术的表现方法虽然不同，而其原理是可以相通的，何况现代的西洋画，已渐渐有了东方画的倾向，如马谛斯（Matisse）、高更（Gauguin）、马罗贵（Marquet）诸家的作品，很可以看出受了东方画影响的痕迹。他们所最努力的地方，便是一反从来西洋画描写物的表面的形态，不再顾到实物的轮廓和明暗而完全抒写作者内心的活跃，这样的画面上是有着高超的清新味的。原来艺术过于注重表面的描写，很易于陷入琐碎、繁复、纤巧、平板等流弊，其结果是成为庸俗的作品。近代的西洋画家既然有了这样的自觉，便自然入于单纯化的倾向，将表面繁琐的弊病一概无睹，只率真地造形表现作者最后的情感。而在单纯化的表现上，线条是最重要的事情，因为线条是表现的最简单最直接的形式，一根线条便可以寄托情感的涌起。线条不是物象说明的手段，乃是情感表现的寄托，是一种象征的存在，有它自身存在的目的。所以我们看到单纯化的表现的绘画上，若是取去了一根简单的线条，就会感到像拔

了支柱的建筑物般的崩坏的感觉。(线条)在这样的绘画上是具有构造的特色的。

上面所说的话,在西洋绘画上还是最近所自觉到的,而在我们中国的绘画上,却本来以此为特色的,我觉得中国画之可以骄视世界也就在这一点。可惜晚近的国画家大都不知自己固有的特长,而好作琐碎纤细的表现,以致画风堕于萎靡不振之境地,更有人创所谓折衷画的谬论,要将西洋画中的写实技巧来改变国画的方法,这完全是不明中国艺术真谛的原因。

茂斋兄的国画我觉得很在单纯化上努力的,他在画面所表现的效果确有这样的特色,所以我写了这一点意见作为全集的总评,或者也可以作为要理解他的作品的一点助力。

杭州倪贻德 十八,四,于广州

倪贻德自己是学西洋油画的,但他在此序中认为中国画应该发挥"自己固有的特长",着力表现"中国艺术真谛",至今仍不失为精辟之论,值得中国国画界同仁深思。

2017年3月26日

鲁迅与巴金见过几次面？（上）

鲁迅与巴金，中国现代文学史上举足轻重的两位大家，1930年代同时驰骋海上新文坛，他们见过面吗？如见过，又见了几次？这是个有趣和值得探究的问题。

鲁迅日记明确记载巴金只有五次，即1934年10月6日、1935年9月25日、1936年2月4日和8日及4月26日，实在不算多。而且，这五次记载中，后四次都是巴金托黄源转赠著译或寄送稿件，两人见面仅1934年10月6日这一次，该日鲁迅日记云：

> 夜公饯巴金于南京路饭店，与保宗同去，全席八人。

这是巴金名字首次出现在鲁迅日记中。这次见到鲁迅，巴金的印象特别深刻。1956年10月，为纪念鲁迅逝世二十周年，巴金发表了《鲁迅先生就是这样的一个人》，其中两处写到与鲁迅的见面：

> 我第一次看见鲁迅先生是在文学社的宴会上，那天到的客人不多，除鲁迅先生外，还有茅盾先生，叶圣陶先生几位。茅盾先生我以前也没有见过，我正在和他讲话，饭

馆的白布门帘一动，鲁迅先生进来了：瘦小的身材，浓黑的唇髭和眉毛……可是比我在照片上看见的面貌更和善，更慈祥。这天他谈话最多，而且谈得很亲切、很自然，一点也不啰唆，而且句子短，又很有风趣。……

一九三四年我去日本之前，十月初文学社的几个朋友给我饯行，在南京饭店定了一个房间，菜是由餐厅送上来的。鲁迅先生那天也来了。他好像很高兴。

从巴金的回忆可知，1934年10月6日这次聚宴是"文学社"为巴金即将赴日饯行，也就是鲁迅日记中所谓的"公饯"。"文学社"出版《文学》月刊，当时实际主编是傅东华，编辑黄源。所以，参加聚宴的"八人"，"文学社"同人鲁迅、茅盾（保宗）、叶圣陶和傅东华、黄源，加上巴金，这六位完全可以肯定。另两位恐已难以查考了。

除此之外，巴金回忆还与鲁迅见过数次面，每次都非简单应酬。第一面是：

第二年秋天我从日本回来，有一天黄源同志为了"译文丛书"的事情在"南京饭店"请客，鲁迅先生和许景宋夫人都来了。他瘦了些，可是精神很好。他因为"译文丛书"和他翻译的《死魂灵》第一部就要在文化生活出版社刊行感到高兴。……那个时候我正计划编辑"文学丛刊"第一集，我对他说："周先生，编一个集子给我吧。"他想了想就点头答应了。……这就是他的最后一个小说集子：历史短篇集《故事新编》。

"第二年秋天"是1935年秋。查鲁迅1935年9月15日日记，果然有"河清邀在南京饭店夜饭，晚与广平携海婴往，同席共十人"的记载，时间上完全吻合。这次聚宴十分重要。当时黄源（河清）协助鲁迅编辑"译文丛书"，而巴金和吴朗西合作，刚刚创办了文化生活出版社，计划出版"文学丛刊"。正是在此次晚宴上，巴金得到了鲁迅的全力支持，鲁迅决定把"译文丛书"和自己的最后一部小说集《故事新编》均交给文化生活出版社出版。《故事新编》列为"文学丛刊"第一集第二种。而参加此次聚宴的"十人"，黄源在《鲁迅书简追忆》（1980年1月浙江人民出版社版）中也已有详细的回忆：

> 九月十五日傍晚，我先到鲁迅先生家里，同鲁迅先生、许先生、海婴一起到南京饭店夜饭，同席共十人。即译文社四人：鲁迅、茅盾、黎烈文和我。文化生活出版社两人：巴金、吴朗西。还有四位客人：除许先生和海婴外，鲁迅先生邀了胡风，因有话和他谈；我邀了傅东华，

他是《文学》主编,我和他在一起工作,这次是我以译文社名义做东,也请了他。

2017年4月2日

鲁迅与巴金见过几次面？（下）

巴金在《鲁迅先生就是这样的一个人》中还回忆，在1935年9月15日黄源宴请席上与鲁迅见面之后，又有一次见面：

> 几个月后，我在一个宴会上又向鲁迅先生要稿，我说我希望"文学丛刊"第四集里有他的一本集子，他很爽快地答应了。过了些时候他就托黄源同志带了口信来，告诉我集子的名字：散文集《夜记》。不久他就病了，病好以后他陆续写了些文章。听说他把《半夏小集》《这也是生活》《死》《女吊》四篇文章放在一起，已经在作编《夜记》的准备了，可是病和突然的死打断了他的工作。他在十月十七日下午还去访问过日本同志鹿地亘，十九日早晨就在寓所内逝世了。收在"文学丛刊"第四集中的《夜记》还是许景宋先生在鲁迅先生逝世以后替他编成的一个集子。

这次见面的具体时间能否查考出来？答案也是肯定的。"几个月后"，虽然可以三四个月，也可以五六个月，但查鲁迅日记，

1936年2月9日有"晚河清邀饭于宴宾楼,同席九人"的记载。更重要的是,黄源也留下了回忆,明确告诉我们,这晚是"邀请译文社同人和其他友人在宴宾楼夜饭,共同商定《译文》复刊事",同席的"九人"是"鲁迅、茅盾、黎烈文、巴金、吴朗西、黄源、胡风、萧军、萧红"。(《鲁迅书简追忆》)巴金的名字正好在内,这当然不会是巧合。后来发表的巴金1976年3月25日致王仰晨的信中也提及这次见面(《巴金书简——致王仰晨》,1997年12月文汇出版社版)。因此,这次见面时间是1936年2月9日应可确定。

正是在这次见面时,巴金又有了新收获,鲁迅答应为"文学丛刊"提供第二本书稿《夜记》,书名鲁迅自定,书中将收入《半夏小集》等四篇散文也是鲁迅自己选定。可惜他3月2日去溧阳路藏书室检书时受寒患病,以后病情时好时坏,直至10月19日去世。

《夜记》成了鲁迅生前拟编而最终未能编成的一本书。后来于1937年4月由上海文化生活出版社出版的《夜记》是许广平在鲁迅逝世后代为编辑的,她在《夜记》编后记中有明确的交代。

除了上述三次,根据现有史料,鲁迅与巴金至少还有两次见面。一次是1934年10月30日,当日鲁迅日记云:"吴朗西邀饮于梁园,晚与仲方同去,合席十人。"这次宴席应该是吴朗西为巴金赴日饯行,鲁迅与茅盾(仲方)当时都是吴朗西编辑《漫画生活》杂志的约稿对象,所以都受邀参加。唐金海、张晓云主编《巴金年谱》(1989年10月四川文艺出版社版)已有记载。另一次则是1936年5月3日,当日鲁迅日记云:"译文社邀夜饭于东兴楼,夜往，集者约三十人。"这是译文社为《译文》复刊而举行的上海文学界同仁宴会，规模较大。巴金本人在1976年3月24日致王仰晨信中确认了这次见面（参见《巴金书简——致王仰晨》）。唐、张编《巴金年谱》也记载，巴金在这次宴席上把刚到上海不久的《大公报·文艺》主编萧乾介绍给鲁迅。这大概也是鲁迅与巴金的最后一次见面。

鲁迅与巴金见面应该不止这五次，但这五次是确切无误的，而且均非普通的应酬，都具有实质性内容，甚至影响到现代文学史的书写，如鲁迅最后一部小说集《故事新编》的诞生正是由于巴金的约稿，如鲁迅的最后一部散文集《夜记》本来应该是他自己编定的，如《译文》杂志的复刊巴金也是参与者之一等，由此也可见鲁迅对巴金的欣赏和信任。鲁迅后来在《答徐懋庸并关于抗日统一战线问题》一文中称"巴金是一个有热情的有进步思想的作家，在屈指可数的好作家之列的作家"，也就更可以理解了。如果我们只根据鲁迅日记的明确记载，认为鲁迅只见过巴金一面，那就大错特错了。

2017年4月9日

敬隐渔和鲁迅的"不见"

去年9月,北京人民文学出版社出版了《敬隐渔文集》和《敬隐渔传》,分别为张英伦编和著,半年以后,我才见到。

敬隐渔(1901—1930?)在中国现代文学史上的地位很特别。他出生于四川遂宁一个笃信天主教的中医之家,自小入天主教修院"学习拉丁文和法文"。1920年代初到上海,开始迷恋新文学。处女作《破晓》刊于1923年7月21日《中华新报·创造日》创刊号,从此一发不可收,写小说,弄翻译,很快他就成为前期创造社的后起之秀。但他唯一的小说集《玛丽》却又列为"文学研究会丛书"之一,1925年12月由商务印书馆出版。

1925年9月,敬隐渔赴法留学。在法期间,他不但与罗曼·罗兰交往密切,而且做了四件至今仍值得我们大大称道的事:一、把《阿Q正传》译成法文,经罗曼·罗兰推荐,连载于1926年5、6月《欧洲》第41、42期;二、把《约翰·克利斯朵夫》译成中文,连载于1926年1月至3月《小说月报》第17卷第1至3号,虽远未完成,却是这部法文名著最早的中译本;三、撰写法文论文《中国的文艺复兴和罗曼·罗兰的影响》,刊于1927年9月《欧洲》第57期;四、法译《中国现代短篇小说家作品选》于1929年3月由巴黎里厄戴尔书局出版，书中收录鲁迅的《孔乙己》《阿Q正传》《故乡》和郁达夫、落华生、冰心、陈炜谟、茅盾以及他自己的法文创作《离婚》等九篇中短篇小说，这是目前所知中国新文学作品的第一个选译本，后来又有据之转译的英译本和葡萄牙文译本。由此可见，敬隐渔是把鲁迅和中国新文学推向世界的第一人，也是中法和中欧文学交流的先行者之一，功不可没。

不幸的是，敬隐渔后来患了神经症（又称精神官能症）。1930年1月，他被留学的法国里昂中法大学遣送回沪。同年2月24日，他登门拜访鲁迅，鲁迅日记记载"不见"。"不见"虽只短短两个字，含义却很丰富。鲁迅1927年10月定居上海后，常有不认识的陌生者造访，鲁迅"不见"已不是个别例子。就在1930年2月，鲁迅"不见"的人除了敬隐渔，还有18日"秦涤清来，不见"，24日"波多野种一来，不见"。2月4日"上午王佐才来"，因为"有达夫介绍信"，鲁迅才与之见面。但敬隐渔又有所不同，敬隐渔与鲁迅通过好几次信，鲁迅也并未反对他翻译《阿Q正传》，还寄赠他新创办的《莽原》杂志和"三十三种"中国现代小说供其翻译之用。按理说不该"不见"，为什么"不见"呢？

由于双方都未留下相关文字，只能分析推测。原因恐怕有三。第一，敬隐渔1926年1月24日致鲁迅的第一封信中说到他把罗曼·罗兰对《阿Q正传》的评语寄给创造社（张英伦认为其中包括罗曼·罗兰1926年1月23日致敬隐渔信、敬隐渔中译文和他致创造社同人的信），创造社却从未将之披露，鲁迅对此心存芥蒂，这是远因。第二,1930年3月10日,也即"不见"半个月之后,上海《出版月刊》第3期刊出消息《敬隐渔返国》,透露其"诗句中常有奥妙不可解释的奇句",他还"告诉友人们说能看相,能测字",显然这些都可能是神经症的病状。很可能鲁迅事先已从某个渠道获知,这是近因。第三,当日鲁迅日记中还有一条不容忽视的记载以前一直被忽视了,现照录如下:

> 二十四日 昙。午后乃超来。波多野种一来,不见。敬隐渔来,不见。

请注意"午后乃超来"这一句。《鲁迅全集》对这句的注释是"冯乃超来请鲁迅审阅'左联'纲领稿",夏衍后来回忆,当时他也在场(参见《懒寻旧梦录》之第四章《左翼十年(上)》,1985年7月北京三联书店版)。也就是说,1930年2月24日下午,鲁迅正与冯乃超、夏衍商议中国左翼作家联盟纲领定稿,这么重要的大事,波多野种一和敬隐渔两位先后来访,当然只能都不见了。

2017年4月16日

新发现徐志摩影像所想起的

　　一辆类似老爷车的汽车缓缓驶进一座别墅。车停，第一个跨出车门的人风流倜傥，竟然是徐志摩！他身着深色马褂、浅色长袍，脱去帽子，神采飞扬。第三个下车的是高大的印度大诗人泰戈尔，徐志摩优雅地伸手搀扶。接着，他走在泰戈尔左侧，与三十多位迎候人员在别墅园内信步前行，不久便与其中貌似泰戈尔秘书、英人恩厚之者并肩，边走边谈边抽烟。徐志摩左手持烟，不时轻轻用手指弹走烟灰，右手自然地背在身后。天气晴好，人群中的几缕青烟袅袅散去。到了别墅屋前，徐志摩、泰戈尔等停住脚步，似乎与日本接待者互换联系方式……

这是一段时长只有四分多钟的纪录片的文字再现，当然，难以完全传达当时的生动情景。这段短纪录片是默片，有画面，无声响。时间定格在1924年6月12日，地点则为东京日本大企业家涩泽荣一的飞鸟山别墅。泰戈尔访日正是涩泽荣一所邀请。这段短纪录片也存于日本涩泽荣一纪念馆。

　　文学史家一直对徐志摩1924年6月陪同泰戈尔访日了解甚少，以前只知道他写下了《留别日本》和《沙扬娜拉十八首》,这两组新诗虽然收入《志摩的诗》初版本,但再版时又都删去,只保留了脍炙人口的《沙扬娜拉十八首》最后一首,再加上他翻译了《国际关系》《科学的位置》等数篇泰戈尔在日本的演讲,如此而已。这段短纪录片的发现,不仅填补了徐志摩访日活动的一个空白,也是迄今所见唯一幸存于世的徐志摩真身影像数据。由于徐志摩去世早,人们早就不指望徐志摩会有影像数据存世,它突然奇迹般地出现,实在是弥足珍贵。

因此,浙江杭州徐志摩纪念馆4月15日举行徐志摩诞辰一百二十周年纪念会,当这段意想不到的短纪录片在会上放映时,与会者一片惊叹就完全可以想见了。我因另有一个重要学术会议,未能及时赶到观赏这段好不容易从日本借来的短纪录片,不免深以为憾,只能借助友人的描述来想象徐志摩虽然短暂却依然潇洒的真身神态。但这也使我想到了一个十分有趣的问题,那就是中国现代作家中有哪几位留下了影像和声音。

胡适是否留下影像数据,我还不清楚。但我知道他一直是摄影爱好者,早期日记中粘贴的各种照片就很多,他一生所拍摄的个人照和多人合影都是个可观的数字。更难得的是,胡适的声音保存下来了。早在三十年前,台北远流出版公司出版《胡适作品集》时,就由胡适纪念馆授权,"附录"了"大师的声音:胡适中英文演讲选粹"录音带。然而,比徐志摩晚五年逝世的鲁迅,却没有任何影像和声音留存于世,对我们后人而言,这是一个无可弥补的损失,也是最为可惜的。

除此之外，据我所知，浙江桐乡茅盾纪念馆保存着茅盾的录音，是其回忆小说《林家铺子》的创作过程，而木心美术馆也保存着木心在纽约讲授"世界文学史"时的录音。1999年1月，北京三联书店出版舒济编《老舍讲演集》，附有老舍1966年1月与日本NHK记者谈话的录音CD，这是老舍留下的最后的声音。2003年10月，西安陕西师大出版社出版王亚蓉编《沈从文晚年口述》，也附有沈从文晚年在湖南省博物馆等处五个演讲和谈话的录音CD，让我们能够领略沈从文晚年自然谦和的湘西口音。听到这些文学大师的声音穿过漫长的时空传送过来，仿佛他们仍在我们眼前一样，倍感亲切。

2017年4月23日

"把我包括在外"

上周从徐志摩珍贵影像的发现说到现代作家影像和声音的搜集保存,意犹未尽,又想起了1990年代初参与拍摄《作家身影》文献纪录片的往事。

《作家身影》是台湾春晖影业公司拍摄的,由台湾纪录片导演、画家、作家雷骧兄执导,"巴金、冰心、萧乾、柯灵、林海音"担任"名誉顾问",我有幸为"咨询顾问"之一。第一辑共十二集,每集为一位作家立传,时长五十分钟,他们是鲁迅、周作人、郁达夫、徐志摩、朱自清、老舍、沈从文、冰心、巴金、曹禺、萧乾和张爱玲,都是在中国现代文学史上留下深刻印记的重要作家。筹拍时前七位都已谢世,《作家身影》只能以他们生前的照片、作品书影、手稿、日记书信、报刊资料,故居和生活过的地方,后人和研究者出镜或回忆或评论等来组成影片,以尽可能全面地展示他们的文学历程。堪称创新的是,雷骧兄精心设计了"情景再现"环节,即根据作家生平或代表作中某个情节拍摄若干"还原"镜头穿插于影片之中,果然起到了意想不到的视觉效果。

然而,《作家身影》最大的亮点还是采访健在的作家,后五位作家即冰心、巴金、曹禺、萧乾和张爱玲当时均健在,冰心、巴金、曹禺、萧乾也都愉快地接受采访，留下了他们的影像和声音。《作家身影》使他们的音容笑貌得以永久保存，极为难得。唯独五位中年纪最轻的张爱玲婉言谢绝，这有她的亲笔信为证：

雷骧先生：
　　收到尊函，感到非常荣幸。苦于体力精力不济，自己的工作时间都已经缩减到实在无法交代的程度，电视影集只好援引制片家高尔温那句名言："把我包括在外。"仔细看了您寄来的企划书后又充分考虑过，所以没能照您所嘱从速答复，希望没太晚耽误计划的进行。您节目内要用《对照记》里的图片文字，本来不成问题，可径与皇冠接洽，当然光用它根本用不上。惟有遥寄最深的歉意。
　　匆此即颂
大安

　　　　　　　　　　　　　　　张爱玲

张爱玲这封信以传真的方式发给雷骧兄，时在1994年8月18日。一年之后，她就孤寂地离开了人世。而在此之前一个月，她生前的最后一部书《对照记——看老照相簿》刚刚由台北皇冠出版社出版。张爱玲在《对照记》的题记中说得很清楚，她把这些"幸存的老照片"整理并加上文字解说付之出版是"藉此保存"，但当《作家身影》摄制组拟采用更现代的技术手段"保存"她的影像和声音而要求采访她时,她却选择了婉拒。

其实,据我所知,《作家身影》的要求很低,只要张爱玲能在摄像机前露一下脸,说上几句话,就大功告成。既在意料之中又在意料之外的是,张爱玲并不愿配合,尽管我们也知道她当时在洛杉矶确实深居简出,几乎不与人来往,尽管她信中所说的"体力精力不济,自己的工作时间都已经缩减到实在无法交代的程度"也确是实情。值得注意的是,张爱玲特别援引好莱坞制片家高尔温(Samuel Goldwyn,今译作高德温)的名言"把我包括在外"表明自己的态度。

"把我包括在外"是句幽默的隽言,张爱玲已是第二次引用了。早在1979年2月,她经常撰稿的台北《联合报》副刊新辟"文化街"一栏,寄表格请她"填写近址的城乡地名与工作性质",这当然是不情之请,张爱玲也当然会婉拒。于是她写了短文《把我包括在外》,还对"把我包括在外"这句高德温"最有名的名言"大表赞赏。张爱玲至少两次"把我包括在外",性质并不相同,但她第二次"把我包括在外",却失去了最后一次让她的影像和声音留存于世的机会。这对她本人而言,一定不会在乎,而对她的读者和研究者而言,则实在是莫大的遗憾。

2017年4月30日

早期姚克二三事

日前在海上旧书肆偶见美国艾迪（Sherwood Eddy）著、姚克译《世界之危境》（*The World's Danger Zone*），1933年1月上海良友图书公司初版，小32开本精装，当即购下。这是姚克的第一本译著，鲜为人知，那就不妨谈谈早期的姚克。

姚克（1905—1991），字莘农，浙江余杭人，东吴大学法学系毕业，《世界之危境》题词页有法学家吴经熊的毛笔题签："法学士姚克译述 世界之危境 吴经熊署"，即为明证。姚克虽然学的是法律，却喜爱文学，东吴毕业后到上海，结识美国记者埃德加·斯诺。斯诺不谙中文，姚克又"精通英语"，于是两人合作，翻译鲁迅的《阿Q正传》和其他作品，从此开启姚克与鲁迅的交往。斯诺后来对此有具体回忆：

> 当我还在上海居住的时候，就开始同一位姓姚的合作，翻译鲁迅的《阿Q正传》。而我到了北京以后，就邀请姚北上，继续进行这项工作。姚是东吴大学的毕业生，从来没有出过国，但他精通英语。此外，他也熟悉中国古典文学和现代文学，这在基督教学校出身的中国人当中是比

较少见的。……

> 在上海，姚和我同鲁迅多次见面，那时候，我们计划把一些现代的白话短篇小说翻译成为英文，结集出版，对此，鲁迅热情地给予支持。(《我在旧中国十三年·鲁迅印象记》)

斯诺所说的"姚"即姚克。《世界之危境》译序是姚克"二十一，十，七于沪宁车次"中写就的，据鲁迅日记，同年11月30日，鲁迅就收到姚克写给他的第一封信。所以，姚克与斯诺合作译《阿Q正传》之始，当在1932年11月之后。斯诺第一次与鲁迅见面是在1933年2月21日（斯诺回忆"在上海，姚和我同鲁迅多次见面"，应有误），是日鲁迅日记云："晚晤施乐君。"但姚克当时不在场。姚克陪同斯诺拜访鲁迅，则要到三年之后。1936年4月26日鲁迅日记云："午后……与广平携海婴往卡尔登影戏院观杂片。姚克、施乐同来，未见。"十分可惜。

现存鲁迅致姚克第一封信写于1933年3月5日，开头很有趣：

> 三月三日的信，今天收到了，同时也得了去年十二月四日的信。北新书局中人的办事，散漫得很，简直连电报都会搁起来。

原来姚克最初写信给鲁迅，通过出版多种鲁迅著作的北新书局转交，没想到北新办事马虎拖沓，姚克1932年12月4日的信，鲁迅三个月后才收到。鲁迅在此信中约姚克3月7日在内山书店见面，"我当在那里相候，书中疑问，亦得当面答复也"。所谓"书中"，应为《呐喊》小说集中，姚克有翻译上的具体问题要请教。果然，1933年3月7日鲁迅日记云："下午姚克来访。"这是姚克与鲁迅首次见面。姚克在鲁迅逝世后写的《最初和最后的一面：悼念鲁迅先生》中回忆，他问鲁迅"三百大钱九二串"和"猹"等如何翻译，鲁迅"逐条明明白白地解答给我听"。

此后，鲁迅与姚克鱼雁不断，对姚克有问必答，甚至推心置腹。还于1933年4月22日在知味观设宴，正式把姚克介绍给上海文学界。姚克也在同年5月26日陪同鲁迅至南京路雪怀照相馆，拍下了鲁迅晚年最慈祥最具神采的一幅个人照。鲁迅后期身边大都是左翼文学界人士或倾向左翼的文艺青年，姚克却是个例外，想必鲁迅对姚克的印象很不错。

姚克1935年秋重回上海后，参与编辑英文《天下》月刊，英译曹禺的代表作《雷雨》，1936年10月第3卷第3期起在《天下》上连载了五期，还担任电影《清明时节》编剧。特别值得一提的是，他加盟鲁迅、黄源主持的"译文丛书"，中译萧伯纳剧本《魔鬼的门徒》，于1936年8月由文化生活出版社初版。同年9月22日鲁迅日记云："下午姚克来并赠特印本《魔鬼的门徒》一本，为五十本中之第一本。"这是姚克与鲁迅的最后一面。这册南京织锦装帧、书名和作者名烫金的特印本是姚克的第一本文学译著，前环衬毛笔题字:"鲁迅先生诲正 莘农 上海,一九三六、九、一八",鲁迅很喜欢,至今完好地保存在北京鲁迅博物馆。

2017年5月7日

《人日》

人日者，农历正月初七之谓也。《北史·魏收传》引晋议郎董勋《答问礼俗》云：正月"七日为人"。杜甫《人日》诗云："元日到人日，未有不阴时。"不过，本文并非讨论"人日"的来龙去脉，而是要介绍一篇题为《人日》的散文。

《人日》共两页，钢笔横行书于500格（20×25）"香港上海书局监制"的"我的稿纸"之上，未署名，但熟悉字迹的一眼就可断定这是散文大家黄裳的手笔，是黄裳没有发表过的一篇未完稿。

既然题为《人日》，此文想必写人日发生的事，什么事呢？请看第一段：

> 今天是正月初七，人们习惯上称为"人日"的日子。下午天气很好，我到医院去看望巴先生。推开病房门，看见他像往常一样坐在临窗的藤椅上，穿着白绒布短上衣，头上戴了一顶深咖啡的绒线便帽。他看见我进来，就说："我看见你写的那篇《翻身》了。"接下去，他眼睛里忽然闪出了一点"调皮"的神色，说："今天早晨我又跌了一交。"

原来黄裳在人日到医院探望巴金老人。"巴先生"指巴金，这是黄裳对巴金的尊称，他一直尊巴金为良师益友。查李存光编《百年巴金：生平及文学活动事略》（2003年11月人民文学出版社版），1982年11月7日，巴金"在寓中书房不慎跌跤，致左股骨粗隆间骨折，住华东医院治疗"，至次年5月16日才"出院回家疗养"。1983年正月，巴金是在医院中度过的，这与《人日》所写的情景完全一致。因此可以确定，这篇《人日》作于1983年2月19日（正月初七人日）之后。

没想到的是，巴金在人日上午又跌了一跤。《人日》接着有具体的描述：

> 这是使人吃惊的。三个半月以前，他跌了一交，跌断了腿骨，在病床上一动不动地睡了两个多月。刚解除了牵引，正艰难地学习走路，连翻身还办不到，动一动都要靠人搀护，怎么能又跌了一交呢？我就向小林打听那详细的经过。早晨，他起床后活动，一个人扶着床栏站着，站得很好。护士长正在整理床铺，房里的人都去帮忙了。这时，他想在后面的一把椅子上坐下来。椅子不大好，一下子没有坐稳，就又摔到地上了。护士长她们大吃一惊，连忙扶他睡上床，量血压，听心脏，一切正常。这才放了心。这次摔倒时着地的正好是上次骨折的部位，据说，重新愈合的断骨，是不容易再断的，要断也将断在别的地

方。我想，这倒有些像焊接的金属件的情形。

小林在介绍了情况之后，取笑他说："爸爸爬起来以前抖得好厉害。"他否认，说并没有像她说的那么厉害，不过当跌下去时，确曾一下子闪出过这样的念头："这下子可完了。""再在病床上睡两个月，大约是受不了的了。"他笑着说，好像一个顽皮的孩子淘了气以后没有得到惩罚一样，甚至还有点得意。

"送你一本书。"他说。书放在病床旁的小几上，我拿了递给他。又从小抽屉里取出了笔，他要在扉叶上写两个字。他手抖得厉害，我为他托住了书脊，这就好多了。他签好了名，写下了日子。很流利，和平常没有什么不同。

这是一本新印成的《怀念集》。

藤椅边上放着一叠信件。他用右手困难地抽出一封来，打开信来看，仔细地看。然后放回去。再颤颤地抽出第二封信。……这中间有朋友的来信，也有读者寄来的。他一封封慢慢地读着这些信。

他在慢慢地吃小汤团，芝麻馅的宁波汤团。他用小汤匙舀起了汤团慢慢地送进嘴去，慢慢地咀嚼着。

吃好汤团他要练习从藤椅上坐起来。

这是一把大藤椅，他坐得很深，两脚碰不着地面。他只是用双臂按着扶手想站起来。他用力，两眼盯着前面，他用力，双臂在发抖，闭紧了嘴。

《人日》写到这里戛然而止，应该没有写完，但主要部分也应该已经完成了。黄裳以他当过记者的敏锐观察，采用白描手法，把巴金在1983年2月19日人日这个看似平常其实并不平常的日子里的一点一滴都写了出来，字里行间流露着他对这位德高望重的文坛前辈的尊敬和挚爱。

在所有回忆和纪念巴金的文字中，像《人日》这样短小动人的，并不多见。

2017年5月14日

鲁迅的文学广告

在中国现代作家中，像鲁迅这样撰写了大量文学作品广告的，很少见。从第一本与乃弟周作人合译的《域外小说集》起，一直到去世后才刊出的《〈海上述林〉上卷出版》（瞿秋白译文集《海上述林》是鲁迅编印的最后一部书），鲁迅一生为自己、友人和青年作家著译所撰写的广告，十分可观。这些言简意赅的文学广告，绝大部分都已收入2005年北京人民文学出版社版《鲁迅全集》第七卷和第八卷了，但是还有没有遗漏呢？

1924年12月，鲁迅翻译的日本厨川白村著《苦闷的象征》作为他自己主编的"未名丛刊"第一种出版（实际问世时间当为次年3月），由北京大学新潮社代售。书末刊登了鲁迅为宣传"未名丛刊"而写的广告《"未名丛刊"是什么，要怎样？》。1926年7月，北京未名社出版台静农编《关于鲁迅及其著作》，书末刊有根据《"未名丛刊"是什么，要怎样？》略加修改的《"未名丛刊"与"乌合丛书"》广告。"乌合丛书"是从"未名丛刊"中"分立"出去的"一种单印不阔气的作者的创作的"新丛书，鲁迅的小说集《呐喊》自第三版起，以及第二部小说集《彷徨》和散文诗集《野草》先后编入这套丛书。在《"未名丛刊"与"乌合丛书"》

之后，又附录了"乌合丛书"五本和"未名丛刊"八本的简介广告，每则简介广告为一段提纲挈领的评述文字。《"未名丛刊"是什么，要怎样？》《"未名丛刊"与"乌合丛书"》及其附录两种丛书共十三本著译的简介广告，现在都已收入2005年版《鲁迅全集》。出人意外的是，附录的这十三本著译的简介广告，并非鲁迅撰写的这类简介广告的全部，《鲁迅全集》所收还不全。

1926年8月，北京北新书局初版鲁迅的短篇小说集《彷徨》，书末也刊出《"未名丛刊"与"乌合丛书"》广告，但其附录的两种丛书著译简介广告达到了十六则，与《关于鲁迅及其著作》所载，也即《鲁迅全集》已收的著译简介广告对照，增加了三则，应都出自鲁迅手笔，照录如下：

> 《工人绥惠略夫》 在印
>
> 俄国阿尔志跋绥夫作。鲁迅翻译。是极有名的一篇描写革命失败后社会心情的小说。或者遁入人道主义，或者激成虚无思想，沉痛深刻，是用心血写就的。曾经印行，现收入本丛书中。有序及作者肖像。
>
> 《一个青年的梦》 在印
>
> 日本武者小路实笃作戏剧，鲁迅译。共四幕，当欧战正烈的时候，作者独能保持清晰的思想，发出非战的狮子吼来。先曾印行，今改版重印；卷头有自序及为汉译本而

鲁迅的文学广告

作的序及照像。

《争自由的波浪》 即印

原名《大心及其他》，一名《俄国专制时代的七种悲剧文字》。计散文三篇，小说四篇，为但兼珂，托尔斯多，戈理基诸大家所作。全是战士的热烈的叫喊，浊世的决堤的狂涛。董秋芳译。

到了1927年7月，北新书局初版鲁迅的散文诗集《野草》，书末同样刊出《"未名丛刊"与"乌合丛书"》广告，但其附录的著译简介广告又比《彷徨》初版本所刊增加了两则，同样出自鲁迅手笔，也照录如下：

《野草》 实价三角半

《野草》可以说是鲁迅的一部散文诗集，用优美的文字写出深奥的哲理，在鲁迅的许多作品中，是一部风格最特异的作品。

《白茶》 定价五角

这是五篇苏俄独幕剧的结集，曹靖华从苏俄最有名的文学杂志中选译出，在中国这是第一部介绍苏俄戏剧的集子。很能够给注意苏俄戏剧者以新的供献，同时又可供排演家以新的材料。司徒乔画封面。

这五则2005年版《鲁迅全集》失收的鲁迅文学广告，不可忽视，值得喜爱鲁迅作品的同好赏读。

2017年5月21日

《爱西亚》与蒯斯曛

日前在京见友人赵国忠兄，他携来一册小巧玲珑的《爱西亚》相赠，不禁喜出望外，因为此书的译者之一正是我的寄父蒯斯曛先生，令人难以置信的书缘啊。

《爱西亚》12cm×16cm开本，比小32开本略小，毛边。封面未印书名，是深蓝色大小花卉与赭红色粗框及细线条组成的图案，封底图案与封面的一模一样，位置相反而已。若把封面封底摊开，则又组成一个更大的装饰性图案，构思巧妙，风格粗犷。书名页背面有一行字："钱君匋先生作封面"，原来这是"钱书面"的佳作，几乎不为人知。扉页印着："春潮社丛书 爱西亚 屠格涅夫原著 涤尘斯曛合译"，版权页作："1928，5，1，初版 1—1500 每册实价三角 春潮社发行 版权所有"。经查，"春潮社丛书"仅出版了《爱西亚》这一种，而此书又由"春潮社"发行，因此，有理由怀疑上海"春潮社"就是涤尘、斯曛两位译者组成的新文学小社团，而《爱西亚》是他俩自费印行的。

涤尘即席涤尘，苏州人，求学于复旦大学。有资料说他是南社社员，查郑逸梅编著《南社丛谈》（1981年2月上海人民出版社版），只在《参加南社纪念会姓氏录》中见到他的名字。但他确是一位新文学翻译家，除了这本合译的《爱西亚》，他还译了屠格涅夫另一部小说《一个虔诚的姑娘》，与他人合译了英国高尔斯华绥剧本《鸽与轻梦》和萧伯纳剧本《武器与武士》。

当然，斯曛即蒯斯曛，是我更为关注的。他原名蒯世勋，蒯斯曛这个名字很特别，是英文"question"的音译，可见他年轻时的怀疑精神。他与席涤尘是同乡兼同学，痴迷新文学，出版过短篇小说集《凄咽》（1927年5月上海泰东图书局初版）和《幻灭的春梦》（1929年4月上海东新书局初版）。有资料说他出版过短篇小说集《悼亡集》，其实不确，《悼亡集》只是《凄咽》中的一篇。他还当过新文艺刊物《白露》的编辑。整个1930年代，蒯斯曛在上海度过，他所从事的三项工作至今仍值得大书特书：一是他担任柳亚子为馆长的上海通志馆编纂，编纂上海重要地方志史料多种；二是他与唐弢一起为1938年版也即首部《鲁迅全集》义务校对；三是他参与了尼姆·威尔士（Nym Wales）著《续西行漫记》的翻译。全面抗战爆发，蒯斯曛"投笔从戎"，1944年以后先后担任新四军"常胜将军"粟裕秘书和第三野战军司令部秘书处主任。共和国成立后，他又回到老本行，曾任上海文艺出版社和上海译文出版社总编辑，晚年最值得称道的是主持编纂了《新英汉词典》。

蒯斯曛与席涤尘合译的《爱西亚》（*Asya*）是屠格涅夫这部中篇的第一个中译本。此书译名还有《阿细亚》和《阿霞》等，后来有陈学昭、李葳等的译本，我年轻时读的是巴金夫人萧珊的译本（1953年6月上海平明出版社初版《阿细亚》），直到今天才知道蒯斯曛是此书第一个中译本的译者。蒯斯曛与席涤尘合译此书时才二十出头，对美好的爱情充满憧憬，正如席涤尘在此书小序中所说的，在翻译此书过程中，"我们也不幸堕入了彷徨凄惘的境地里。温柔的甜蜜的恋爱之梦，却偷偷地在醒人的深夜里临近了我们。各自为了哀怅和喜悦底升沉，寂寞苦痛的时光在心头激张着无限的凄凉，无限的哀愁里消逝。……我们因想将过去的一段惆怅，永远留个印痕，作个小小的纪念，所以刊印出这本拙译来，也正因为《爱西亚》是这么一篇哀艳凄恻的动人的恋爱故事"。

我小时候每年春节都要去寄父的上海高安路寓所拜年。寄母范霞先生让我称呼他"蒯伯伯"。蒯伯伯不苟言笑，每次去他都在书房，手不释卷，不脱书生本色。我拜过年后即退出，与他的几位比我还小的公子玩耍去了。后来寄母与蒯伯伯离异，我还在寄母处得到过几本他的旧藏，这些书应可算是我的真正的文学启蒙读物。蒯伯伯晚年我还去拜访过，仍称他蒯伯伯，他得知我已在大学中文系执教，很高兴。可惜我仍少不更事，未能更多地向他请教，尤其是关于他自己的文学生涯。

今年是蒯斯曛先生逝世三十周年，我就以这篇不像样的对《爱西亚》的介绍文字作为对他的一个小小的纪念罢。

2017年5月28日

《小雅》和"小雅诗人"(上)

20世纪中国新文学是从白话小说和白话诗揭开序幕的,白话小说以鲁迅《狂人日记》的发表为标志,白话诗也即新诗则以胡适《尝试集》的出版为标志。1922年1月,署"中国新诗社"编辑的《诗》月刊创刊,这是现代文学史上第一份新诗杂志,实由叶圣陶、刘延陵主编,为"文学研究会定期出版物之一"。然而,整个1920年代,专门的新诗杂志寥寥无几,徐志摩等主编的《晨报副刊·诗镌》当然是专门的新诗刊物,但是《诗镌》是副刊的专版而并非杂志。

进入1930年代以后,新诗杂志开始争奇斗艳,徐志摩主编的《诗刊》先声夺人,朱维基主编的《诗篇》和左翼的中国诗歌会主编的《新诗歌》随后跟上,接着还有土星笔会的《诗帆》和戴望舒主编的《现代诗风》,后者创刊即终刊。直到30年代中期,新诗杂志才迎来令人欣喜的繁荣期,中国新诗坛形成了戴望舒等主编的《新诗》、路易士与韩北屏主编的《诗志》和吴奔星与李章伯主编的《小雅》三足鼎立的新局面。

这三种新诗杂志中,《小雅》问世最早,1936年6月创刊于北平,次年3月出至第5、6期合刊后终刊。四个月后,《新诗》在上海诞生,坚持出版了十期。又过了一个月,《诗志》也在苏州呱呱坠地,但仅出三期就无以为继。《新诗》名家荟萃,出的期数最多,自然影响也最大,研究中国新诗史的大都会提到它。《诗志》因路易士去台湾后不断忆及,也不能说毫无声响。唯独《小雅》,尽管诗人阵容强大,因流传甚少,反而最不为人注意。而且,尽管从文学期刊史角度视之,1936年和1937年对中国新诗进程颇为重要,文学史家却一直未予以应有的重视。再加上在相当长的一个历史时期里,对非主流的新诗创作和刊物几乎弃之不理。由于这些原因,半个多世纪以来,《小雅》差不多湮没了,不要说一般的新诗爱好者,就连专业的新诗研究者,也几乎都不知道新诗史上有这么一份《小雅》诗刊的存在。

从这个意义讲,台湾远景出版公司复刻全套《小雅》实在是太有必要了。《小雅》的重见天日,将会为我们重新审视新诗史提供一个崭新的视角。综观六期五册《小雅》,至少有以下数点值得我们注意:

首先,这是编者十分用心的一份专门的新诗杂志,虽小却颇具特色。它以发表成名或无名新诗作者的原创诗作为主,辅以戴望舒、李长之、柳无忌诸家的译诗,也有关于新诗的理论探讨,包括对新诗的内容和本质、"明白话"与"真感情"的关系,以及新诗可否有"白话化的文言句子"等问题展开争鸣,在当时的新诗刊物中自树一帜。

其次,编者在创刊号《社中人语》中明确宣告"反对"当时

"诗坛上多派相互攻讦",强调"我们的编辑方针,对于任何一派的作品,都一律看待,予以荣发的机会"。显然,《小雅》从一开始就显示一种开放的姿态,只重"质的精选"而不问其他。尽管如此,刊物在成长过程中还是自然而然地形成了自己的风格,或者换言之,成了编者后来自己所揭橥的"作风为缥缈"的"法国诗风派"的发表园地。

何谓"作风缥缈"?可以见仁见智。发表在《小雅》上的长短新诗,尽管也有《北洋军阀》(斲冰作)这样触及时政的作品,但绝大部分是写平民的日常生活:写游子的喜怒哀乐,古城洋场,晨曦月色,春殇冬暮,叹时光之流逝,抒失恋之伤感。这是《小雅》诗作的基调,像吴奔星的组诗《秋天》,就有《秋午》《秋山》《秋叶》《秋雨》四首,观察之细致,诗句之清新,可谓另有一功。这是不同于所谓激进的新诗主流的另一种新诗,以前往往被人视为小资情调、无病呻吟而诟病,现在看来仍不失为一群年轻的对未来生活充满憧憬的新诗爱好者发自内心的真情实感的流露。更何况这些诗作大部分是自由诗,大都注重古典资源的汲取,注重诗句的锤炼和独特意境的营造。所以,《小雅》上的诗是新诗写作的又一种有益的尝试,理应得到积极的评价。

2017年6月4日

《小雅》和"小雅诗人"(下)

《小雅》诗刊取名"小雅",是个颇有创意的选择。《小雅》既是中国诗歌最早的结集《诗经》的组成部分之一,正可借用,同时又可理解为这是一批志同道合的新诗人的"小小的雅集"。有必要补充一句,借用中国古代典籍名作为杂志和文学出版社之名,后来在台湾较为流行,如"九歌出版社""尔雅出版社"等,反而在大陆已久不见了。

《小雅》的"雅集"造就了一批"小雅诗人"。《小雅》的作者,除了当时已经成名的新诗人,如"象征派"的李金发,"现代派"的戴望舒、施蛰存、林庚、路易士等,更多的是诗坛新秀。有的在《小雅》上亮相后,逐渐走向成熟,已在新诗史上留下或深或浅的印记,如侯汝华、林英强、吴兴华、陈雨门、甘运衡等。还有一些,或英年早逝,如沈圣时、史卫斯;或后来很少甚至不再写诗,如锡金、陈残云、韩北屏等;或因多种原因淡出新文坛,如李章伯、林丁、吴士星、常白等。他们的名字,有些我们早已熟悉,更多的是感到陌生,有的甚至一无所知,但有趣的是,他们共同组成了《小雅》作者群。这个新诗创作群体的功过得失,正待文学史家重新考虑。

后来者研究前辈作家的文学成就，采取的方法通常是阅读分析他们的作品，从最初发表的报刊杂志到单行本到文集到全集，还搜集他们的集外文，以求更完整更全面地进行评估。也有更进一步从研究对象的文学活动切入，包括探寻他们的日常生活、编辑生涯和文坛交游等。吴心海兄从研究乃父吴奔星先生的文学道路起步，扩大到对奔星先生主编的《小雅》的关注，再拓展到对《小雅》作者群的追踪，正是循着这一路径不断深入的。

《小雅》的五十多位作者中（应该说明，这只是一个粗略的统计，因为同一作者会使用不同笔名在《小雅》上发表作品，如几乎在每期《小雅》上都有诗作发表的宫草其实是吴奔星的笔名等），心海兄考证了三十余位诗人或诗作者的生平、创作历程及其与《小雅》的关系，已超过总数的二分之一，几乎每期都有作品发表的《小雅》主要作者，已被他"一网打尽"了。这是一个看似不可能完成的艰巨而又漫长的发掘"文墓"之旅，心海兄这些年来坚持不懈地努力着，逐渐查明了侯汝华、沈圣时、林丁的下落，考定了史卫斯即后来的戏剧家方瀅，纠正了关于李白凤的种种误传，还厘清了路易士和路曼士、吴士星和吴奔星、蒋锡金和蒋有林三对兄弟与《小雅》的诗缘……这一切，他都做得可圈可点，令人信服。新诗史上的这一段以前鲜有人关注的空白，由于有了心海兄这位有心人，终于在很大程度上得到了填补。

今年是《小雅》终刊八十周年，更是中国新诗诞生一百年，这是两个很值得纪念的时间节点。因此，我完全有理由为《小雅》

在今年重印鼓掌,为吴心海兄对《小雅》的深入研究、对"小雅诗人"卓有成效的考证工作叫好,也期待中国新诗研究界能够以此为契机,重新回到历史现场,继续发掘已经被遗忘的新诗集和新诗刊,进一步揭示中国新诗史的多种面向。

2017年6月11日

《藤森成吉集》与黄裳

不久前，北京"墨笺楼"拍卖藏书家黄裳先生的一批手稿和旧藏，其中有本《藤森成吉集》引起了我的考索兴趣。

此书是日本作家藤森成吉的作品选，含小说、童话、戏剧和散文，一卷在手，大致可了解藤森的文学成就。译者森堡，也即卢森堡，原名任钧，1930年代的左翼诗人兼翻译家，他在《译者的话》中称："只要他是个稍为关心日本文坛的人，我想，无论谁个也不会不晓得藤森成吉——这位日本新兴文坛的老大家——的存在吧。"评价不可谓不高。藤森到过上海，夏衍在《懒寻旧梦录·左翼十年（下）》中回忆内山完造曾在一家闽菜馆宴请藤森成吉，鲁迅、茅盾、田汉和夏衍等都参加了，但鲁迅日记对此并无明确记载。

《藤森成吉集》1933年10月由上海现代书局初版。黄裳所购此册，封面和扉页却署"一九三七"出版，版权页则作"发行者张鑫山 经售者各省大书局"，以至黄裳在该书前环衬用钢笔写下了一段竖行题跋：

此为翻板书，而纸板实为现代丛书旧型。一九五七年

> 五月十一日下午，偕小燕游淮海路上，在海南书店得此种书十一册并记。
>
> 黄裳

出版《藤森成吉集》的现代书局到了1935年底，因经营不善，老板之一的张静庐退出而宣告破产，一部分纸型转归其他出版社，"张鑫山"所印《藤森成吉集》当为其中之一。在此之前，初版《藤森成吉集》已于1934年3月被列入"一百四十九种"左翼文艺书籍中，由国民党"中央党部"严令"禁毁"，鲁迅在《且介亭杂文二集·后记》中曾予以揭露。黄裳熟读鲁迅的书，想必对鲁迅《后记》中所说有印象，所以一眼就看出这册"一九三七"印的《藤森成吉集》是"翻板书"（他像周氏兄弟一样，把后来通行的"版"字写作古称"板"），可惜他当时所购另十种"翻板书"已不知是什么书。1957年5月，已是山雨欲来风满楼，黄裳本人不久就大难临头，但他还有兴致与夫人在淮海路散步，并购"翻板书"，从中或可窥见他当时的心境一二。

黄裳被公认为古籍尤其是明清版本的大藏家，但他的藏书最初是从收藏新文学版本起步的。他在《关于书话》中说得很清楚：

> 回忆我的开始买旧书，是从新文学书的原刊初版本开始的。"八一三"战起，在我家的附近就是徐家汇的

旧街，土山湾封锁线近处有一家旧纸铺，每天都从那里流入的大量旧书报中秤进可观的"废纸"，转手进入还魂纸厂。每天课余我总要到那里看看，用戋戋的点心钱选买零星小册，乐此不疲。鲁迅、周作人、郁达夫……的著作，都得到初版毛边的印本。最不能忘的是竟能收得全套的《小说月报》（沈雁冰接编以后），实在是难得的机遇。可惜这些辛苦聚集的书后来都失去了。

不过，也不尽然，黄裳还是保存了一些当年的旧藏。手头正好有一册他1980年代所赠知堂老人"苦雨斋小书之五"《过去的生命》，1933年11月北新书局三版本，前环衬有他的钢笔题字："鼎昌 一九四二年五月卅日"。容鼎昌是黄裳的原名。《过去的生命》是本新诗集，每首诗题独占一页，版式颇为别致。

可能正是因为有此前缘，所以黄裳当时见到《藤森成吉集》，尽管是"翻板书"，版本价值已不值一提，仍然购下。他早年写过仿唐弢《书话》的《拟书话》，评述冰心题赠吴文藻的《先知》、江绍原题赠蒋梦麟的《佛家哲学通论》和鲁迅捐刊的《百喻经》；晚年一时兴起，又续写《拟书话》，介绍鲁迅的《唐宋传奇集》《小约翰》，周作人《玉虫缘》，郁达夫《忏余集》和郑振铎《西行书简》，除了《玉虫缘》是再版本，其他都是初版本，均十分难得。他撰文讨论过善本、稿本、题跋、校对、影印本、全集等，却没有据《藤森成吉集》等书再谈谈现代的"翻板书",这不能不说是件憾事。

2017年6月18日

评《小城之春》

一

《小城之春》是一篇淡淡的散文,像何其芳的《还乡日记》,也像芦焚的《里门拾记》,留给你的是薄愁,一点无可奈何的感情,就像小城城墙上吹着的风,吹着,吹着,过去了。

二

开头的时候,韦伟提了小菜篮回家,死似鱼目的眼珠,拖了懒洋洋的脚步,她说:在这小城里,每天这样生活着,没有一点变化。真没有一点变化,来了一个李纬,引起了她一点感情上的漩浊,他又走了,她还是提了菜篮上镇去,回家来。英国片《相见恨晚》也是这样的开头与结尾,在人生的海洋里只起了一个小小的浪花,结果又恢复平静了。

三

韦伟那个妻子的感情与上海一般女观众有一大段距离,中下阶级的少妇生活得很泼剌,结实;在性的方面不是麻木(或可说满足了),就是像潘金莲一样轧姘头。像韦伟那样又偷,又不敢偷,稍有点知识的女子,她们就觉得她莫名其妙了。

四

费穆会得——懂得制造气氛,在舞台上和银幕上都一样,小道具也都有了戏。韦伟喝了酒,把领子敞开,就这样一个小处,也充满了春情荡漾。

不厌其烦地抄录了这篇只有四百余字的短文,因为这是刚刚发现的七十年前经典电影《小城之春》的影评,称之为微影评、观后感,也未尝不可,题目是平实的《看了〈小城之春〉》。作者是谁?在揭晓之前,先卖个关子。文中开宗明义,以何其芳的《还乡日记》和芦焚的《里门拾记》作比,可见作者对中国现代文学的熟稔,也可证作者是游走于文学和电影之间的双栖人物,犹如今日大名鼎鼎的毛尖。

与此文同时刊出的还有一篇评《小城之春》的《韦伟是中国的白蓓兰史丹妃》,更短小,一并抄录:

看《小城之春》,仿佛读李广田芦焚的散文小说,冲淡隽永,一种淡淡的哀愁,无可奈何的情绪。

韦伟在《小城之春》中,把一个苦闷的少妇思春的幽怨心理,表现无遗。城墙上的短短的对话,酒后的轻微的冶荡,数度的深夜投奔,这几场戏,都是精彩的,恰到好处的。

目前中国电影界,能够有这么深刻的造就的,除了蒋天流之外,以我的看法,只有韦伟了。有好导演,好剧本,好的角色,韦伟将可以叱咤影坛,无人能够匹敌。

看韦伟,想起,另一个美国明星白蓓兰史丹妃,她们的外型都很像。史丹妃在《火车谋杀案》《二度梅》中,尤其是后一部片子中,所企图表演的,《小城之春》中的韦伟,都已经达到了。在这种怨妇的角色的戏路上,韦伟是中国的白蓓兰史丹妃。所不同者,史丹妃是美国的,韦伟是中国的,所以史丹妃冶荡放纵,韦伟折压幽怨。

有趣的是,两文第一段何其相似乃尔,都认为《小城之春》的艺术风格与芦焚、何其芳和李广田的散文相似,用词也十分接近,"薄愁""哀愁"都是"愁","无可奈何"齐出现,说明两文作者真的是英雄所见略同。而且,两文都对影片女主角周玉纹扮演者韦伟的演技赞不绝口,后一篇甚至认为韦伟的表演水平已经超过好莱坞明星史丹妃(Barbara Stanwyck,今译作芭芭拉·斯坦威克),演出了地道的中国特色。

1948年9月,李天济编剧、费穆导演、文华影片公司出品的《小城之春》在上海公映。但是这部费穆的代表作在相当长的历史时段里,未获得应有的赞誉。直到1980年代以降,电影史家重评此片,才推崇这部抒情电影是20世纪世界电影史上的伟大作品,是使中国电影立于世界电影之林的先锋之作。而这两篇影评的重见天日，说明即便在当年，也仍有方家慧眼独具。

《看了〈小城之春〉》署名东方蝃蝀，即著有小说集《绅士淑女图》的李君维；《韦伟是中国的白蓓兰史丹妃》署名麦耶，即后来翻译了《一九八四》的董乐山。他们是大学同学。两篇影评同刊于1948年10月上海《影迷俱乐部》创刊号。

2017年6月25日

谁最早讨论张爱玲？

本文标题"谁最早讨论张爱玲"，是有特指的，即内地改革开放以后，谁最早提出对张爱玲其人其文重加研讨？现有数据显示，早在1981年11月，张葆莘就在上海《文汇月刊》发表了《张爱玲传奇》，比柯灵发表闻名海内外的《遥寄张爱玲》早了整整四年。那么，还有没有更早的呢？

日前在网上拍得已故北京大学教授吴小如致作家姚雪垠的一通论学书札。此信钢笔书于"北京市电车公司印刷厂出品"的400格稿纸，写满两页，共八百余字，落款时间为"80.6.21"。信中说：

> 最近读到《社会科学战线》（80年2期）上发表的您的信札，末一信是与茅盾同志论及现代文学史问题的，这使我顿时感到空谷足音，情不自禁给您写这封信。……
>
> 我多年来一直在想这个问题。即现代文学史是否仅仅包括五四以来的新文艺运动，即从鲁迅一辈开始，然后是文学研究会、创造社、三十年代文艺、左联、两个口号之争等等。您信上所提到的那些作家作品，我全都想到过，如包公毅（天笑）、张恨水、徐讦、张爱玲等等。甚至我

有时都在想，光在骂新月派，骂章士钊和陈西滢，至于新月诗人的诗究竟是啥样子，陈西滢的《闲话》到底说的什么，当前在课堂上讲现代文学史的人似乎都未必见过。这样搞法，岂不是愈搞东西愈少，搞来搞去把人都搞成"文盲"了吗？

显而易见，吴小如在信中对当时僵化的中国现代文学史研究模式表示了强烈不满。他认为应该正视和认真研究的近现代作家，举出的四位中，张爱玲的大名赫然在矣。吴小如将张爱玲列入，一点也不奇怪，早在1940年代后期，他就接连发表了对张爱玲早期代表作《传奇》和《流言》的书评，对张爱玲的文学成就颇为肯定，这两篇评论至今仍是张爱玲作品评论史上的重要文献。

不过，吴小如这个看法只是"私人通信"，并未公开发表。循他信中所提供的线索，在长春《社会科学战线》1980年4月30日第2期上果然找到了收信人姚雪垠的一通信札《中国现代文学史的另一种编写方法——致茅公同志》。此信写于1980年1月15日，约三千字。姚雪垠受茅盾启发，在信中较为全面地阐述了他的中国现代文学史观，提出了他所谓的"大文学史"观点，也即打破当时流行的狭隘的现代文学史写法，把"五四前夜的文学历史潮流"、"梁任公、黄遵宪等人的新运动（新小说运动和所谓'诗界革命'）"、"清末的翻译西方文学和各地出现的白话小报"、"五四新文学运动以来的旧体诗、词"、"民国初年和五四以后的章回体小说家"

以及"礼拜六派"的作品等，统统纳入现代文学史的视野。时光流逝了将近四十年，而今的中国现代文学史研究不正朝着姚雪垠所设想的在努力吗？

这封长信发表时，信末还附有姚雪垠同年2月6日写的跋，正是在这则跋中，姚雪垠提到了张爱玲的名字：

> （我）将我的信稿寄给多年研究近代和现代文学史的老朋友任访秋教授，征求他的意见，他回信表示完全同意。他来信中指出了我所遗忘的两个人：一个是从"礼拜六派"分化出来，为五四新文化运动做出过贡献的作家刘半农，另一个是在包天笑和张恨水这一部分作家中起过比较大影响的徐枕亚。我也想起来，抗战末期和大陆解放前夕应该提一提徐訏，当时上海的女作家应该提到张爱玲。

姚雪垠1940年代后期在上海大夏大学执教，应该当时就读过张爱玲的作品，也一定印象较为深刻，所以才会在此信跋中特别提到，虽然只有短短一句话，并未展开，却提醒我们现代文学史上应有张爱玲的一席之地。

这样，目前所知改革开放以后，最早在内地正式出版的刊物上提到张爱玲大名的人是姚雪垠，这个值得记录的历史时刻则定格在1980年4月30日。

2017年7月2日

后　记

　　本书是我在香港《明报》副刊《世纪》上每周一篇"识小录"专栏文字的结集，起讫时间为2016年1月至2017年7月初，书名仍定为《识小录》。全书文字重做修订，按发表时间先后编排。

　　这些专栏文字每则千字左右，看似散漫，其实有一条贯穿的主线，即都是写中国现代文学史上的作家作品，写现代文人文事的方方面面，其中有人们熟知的，更有鲜为人知的。我试图"识"大作家之"小"，识小作家之不"小"，从而揭示中国现代文学史的多样性、丰富性和复杂性，并提供一些可以进一步研究的线索，所谓以"小"见"大"是也。

　　报刊专栏早已有之，鲁迅的名著《阿Q正传》最初就是在北京《晨报副刊》的"开心话"专栏连载的。1949年之后，专栏文字一度在大陆式微，但在香港和台湾却一直生生不息，争奇斗艳。不过，围绕一个专题，较为长期地撰写专栏，似并不多见。从这个意义上讲，拙作"识小录"专栏围绕中国现代文学史这个专题而持续展开，也算是一个尝试。毋庸讳言，这些千字小文属于微观研究的范畴，但没有微观，何来宏观？换言之，微观不明，宏观也无法真正建构，令人信服。因此，我乐意为之。

当然，我的努力是否达到了目标，应该请读者诸君评判。

感谢马家辉博士邀请我为《明报》撰写"识小录"专栏；感谢郑培凯教授把《识小录》纳入他所主编的"青青子衿"系列；感谢香港城市大学出版社出版《识小录》。

陈子善

戊戌岁末于海上梅川书舍

补 记

值此拙著内地版出书之际,又重校一过,订正错讹,特予说明,并向广西师范大学出版社深深致谢。

壬寅七月十四酷暑中